尤

今

小

语

尤

今

小

语

尤今的蝴蝶人生

花瓣的甜味

[新加坡] 尤今 著

海天出版社（中国·深圳）

图书在版编目（CIP）数据

花瓣的甜味：尤今的蝴蝶人生 / （新加坡）尤今著. —
深圳：海天出版社，2017.11
（尤今小语系列）
ISBN 978-7-5507-2157-9

Ⅰ. ①花… Ⅱ. ①尤… Ⅲ. ①散文集－新加坡－现代
Ⅳ. ①I339.65

中国版本图书馆CIP数据核字(2017)第240427号

图字：19-2017-185号

花瓣的甜味：尤今的蝴蝶人生
HUABAN DE TIANWEI: YOUJIN DE HUDIE RENSHENG

出 品 人　聂雄前
责任编辑　许全军　童　芳
责任校对　万妮霞
责任技编　梁立新
装帧设计　知行格致

出版发行　海天出版社
地　　址　深圳市彩田南路海天综合大厦7—8层（518033）
网　　址　http://www.htph.com.cn
订购电话　0755-83460397（批发）　83460239（邮购）
设计制作　深圳市知行格致文化传播有限公司
印　　刷　深圳市新联美术印刷有限公司
开　　本　889mm×1194mm 1/32
印　　张　7
字　　数　113千字
版　　次　2017年11月第1版
印　　次　2017年11月第1次
印　　数　1—5000册
定　　价　35.00元

春天的阳光甜蜜而又丰满。

那个明媚的早上，我漫步于苏格兰一条乡间小路上，眼前无边无际的原野"轰轰烈烈"地开满了油菜花，非常张扬、非常"疯狂"。那沸腾着的艳黄色，笼罩在像蜜汁一般的阳光里，宛若一幅刚刚织成的锦缎，绚烂得近乎辉煌、华丽得近乎虚幻。我的一颗心啊，醺醺然地醉得不成样子！

就在那铺天盖地的花海里，有个景象让我目瞪口呆——我看到了群蝶畅饮花蜜。一只只斑斓的蝴蝶，伫立于花上，专心致志地吮吸花心里浓郁的蜜汁，吮吮吮、吸吸吸，吮够、吸饱了，便鼓动着轻盈的翅膀，在花丛里翩翩起舞。这时，沾在它嘴巴上、触角上、翅膀上、足爪上那细若微尘的花粉，纷纷扬扬地四处飘落。

花粉就通过这种安静内敛的传送方式，圆满地酝酿了另一个百花齐放的春季。花和蝴蝶啊，是相知相惜的。

当花把蜜都给了蝶时，蝶心知、蝶感恩、蝶图报。蝴蝶不会采集花粉，但是，

1

它却以另类含蓄的方式，不着痕迹地帮助百花传宗接代。

此刻，看着群蝶乱舞的美丽景象，我的心里泛起了一阵又一阵温柔的感动。

啊，蝴蝶，不正像握笔杆的人吗？

蝴蝶吮吸花蜜之后，翩翩飞舞，散播花粉，让春天的缤纷能生生不息地繁衍下去；同样地，作家勤奋不辍地吸收了文字的养分后，发而为文，思想的精髓便得以代代相传，化为不朽……

离开苏格兰后，我飞赴巴拿马。

处处为热带雨林覆盖着的巴拿马，素有"蝴蝶王国"之美誉。我去参观蝴蝶培育园时，竟又看到了另一种惊心动魄的美丽。

这种美丽，不动声色地匿藏在密密实实的蛹里——蝴蝶产下胖胖的卵子，卵子衍化成五彩缤纷的幼虫，幼虫再经过好几次蜕皮的程序后完全停止进食，缓缓地爬到叶子背面一个隐蔽的地方，静静地吐丝，再用这细细的丝把自己悬挂着，渐渐地变硬，最后僵化成蛹。一个个僵硬的蛹，灰褐色的，纹丝不动，像死去的躯体。

然而，表面上看起来安安静静的蛹，内里却在进行着天翻地覆的蜕变——它在很努力很努力地成长，它要长成一只完完整整的让人惊艳的蝶；而成长必须经历一番又一番严峻的磨砺。它在无尽的痛苦煎熬中，始终保持着顽强的斗志；它在无边的难熬寂寞里，始终坚持着自己的理想。不消沉、不灰心、不颓唐，更不放弃。在寂静的世界里，蕴含着一颗热闹的心；在黑暗的躯体中，跳跃着一颗缤纷的心。最后，苦尽甘来，它以万钧之力破壳而出，羽化成蝶，冲向蓝空，舞出了旷世的美姿。

蛹的坚毅、蛹的坚韧、蛹的大勇、蛹的大勤，对于把握笔杆作为终生姿势的人来说，是最深刻的启示；而蝶的斑斓、蝶的自在、蝶的潇洒、蝶的无羁，则是握笔杆者最圆满的追求。

把书名定为《花瓣的甜味：尤今的蝴蝶人生》，寄寓了我对蛹的敬意，也寄寓了我对蝶的憧憬。

全书总共收录了60则小品文，分成四辑。

第一辑"情系人间"，抒写了19则有关亲情、友情和爱情的温暖故事，文中蕴藏着的，是我一些坚定不变的美好信念。

第二辑"桃源在心"，叙述了15则发生于天涯海角的故事，借此抒发了我对人生的感悟、对快乐的追求。

第三辑"爱的呼唤"，记述了13则有关家庭教育和学校教育的故事。负面的故事里响着的，是精神的警钟；正面的故事里散发的，是文学的正能量。

第四辑"心灵碰撞"，记录了13则因为心灵冲击而迸发的精神火花。火花，源自书籍、电视剧，还有人与人之间的交流。

衷心感谢中国深圳海天出版社于2014年为我出版了一套四本小品文（《走路的云》《清风徐来》《把自己放进汤里》《倾听呼吸的声音》），于2016年为我出版一套两本游记（《地中海那马车夫》《不老的阿尔卑斯山》），今年又为我出版一套三本文集（游记《被人遗忘的天堂》，小品文《花瓣的甜味》和《聆听文字的声音》）。

海天出版社编辑做事举步生风的效率、言出必行的承诺，圆满地为我们每一次合作谱出了美丽和谐的曲子。

尤今

2017年5月10日

目 录

1

［第一辑］

情系人间

在父母思路清晰的时候，和他们聊天，把生活的种种琐事化为他们双耳内的甜蜜；在父母牙齿健全的时候，为他们洗手做羹汤，让袅袅炊烟变成他们胃囊里的满足；在父母健步如飞的时候，偕他们旅行，使道道亮丽的风景成为他们记忆里永恒的瑰宝。

到伦敦度假，住在女儿的公寓里。

那天，约好在她下班后共进晚餐，做事有条不紊的女儿体恤地说："餐馆位于九曲十八弯的窄巷里，不太好找，你们就在餐馆附近的小公园等我吧！"

早上出门时，气候温凉，我穿了一袭宽松的棉质衣裙，没带外套。天色愈暗，气温愈低，到了傍晚，气温居然降至 6 摄氏度。

我和日胜提前 10 分钟来到游人稀少的小公园，那种刺骨的寒风夺命似的想把人的脸皮整层刮掉，我冷得几乎连血液都凝结了。到了 7 点整，一向准时的女儿不见踪影，我们的手机又留在公寓里忘了带，无法联系上她。

寒气肆无忌惮，我冻成了冰湖底下一条郁悒的鱼。看着时间滴滴答答地流走，怒气像蚂蟥一样往我心里钻。到了 7 点半，我的脸似乎已幽幽地长出了一层青苔。

"天气这么冷，她竟不为我们着想！"我口出怨言，"简直就是个工作狂呀！"

"唉，"日胜叹气，"伦敦的工作压力真是太大了！"

7点40分时，女儿才气喘吁吁地赶到，连声道歉："爸爸妈妈，对不起，对不起！工作堆积如山，做不完呀！"

我和日胜对看一眼，果然不出所料！

冻得如一片在树梢瑟瑟发抖的枯叶，我的声音比雪更冷："工作做不完，不是还有明天吗？你过去守时的好习惯去哪里了？"

说着，径自往前走，不再看她一眼。

到了餐馆，女儿轻车熟路地安排着各种美食：刺身、煎和牛、鳗鱼饭、酱渍豆腐、软蟹手卷、天妇罗……可口的美食一道接一道地上，然而，我觉得心里长了很多冻疮，灼灼地痛，半点胃口也没有。

女儿欢欢喜喜地说着办公室里的一些趣事，我没有搭腔，只是闷闷地吃，一心想快点回家盖上厚厚的被子蒙头大睡。

第二天，我日上三竿才醒来，阳光从窗帘缝隙里硬生生地挤了进来。看看钟，哟，9点多了！奇怪的是，竟从客厅传来了女儿和她爸爸说话的声音。

我翻身起床，走到客厅，还没开口，女儿便说："妈妈，我今天请假。"我讶异地问："咦，你的工作不是堆积如山吗？"她笑嘻嘻地说："工作做不完，不是还有明天吗？"

桌上放着一大束精神抖擞的向日葵，黄艳艳、活鲜鲜的，正源源不绝地释放着热情。向日葵旁边有个奶油蛋糕，还有一张卡片。

卡片里是女儿圆润的字体："亲爱的妈妈，记得吗，那一年，您到土耳其旅行，看到铺天盖地的向日葵，回来向我展示照片，满脸陶醉地说，那种美啊，简直惊心动魄呢！您每回看到玫瑰花、荷花和桂花，都露出馋馋的目光，想吃它们。唯独向日葵，您打心坎里爱着它、宠着它。妈妈，我和哥哥们其实都是您的向日葵；而您，就是我们的阳光。"

读毕，抬起头来时，女儿絮絮地说："妈妈，昨天下班后，我赶去办公室附近那家花店，不巧它因事休业。然后坐计程车匆匆赶去另一家，又碰上塞车，我真的急坏了呀！终于买到您最喜欢的向日葵后，还得赶回家把它藏好。这样一来一往的，才会迟到的呀！"说着，又笑眯眯地自问自答："您猜我把花偷藏在哪儿？贮藏室！可是，我又担心它难以透气，半夜还起来浇水呢！"

这一天，是我的生日。

可是，在这一刻，我的眼眶里却都是泪。

归

十年。

等了长长的十年，终于，他遵守诺言，回来了。

回到了生他、育他的国家，回到了爱他、等他的家人身边。

他是我的次子方德。

食量大，特爱美食，是个天生的小饕餮。读中小学时，每天从学校回来，便径自冲进厨房，一迭声地喊："妈妈，妈妈，今天吃什么呀？"我一把菜肴端出来，他立马眉开眼笑。为了让他天天归心似箭，我"苦心孤诣"地以变化多端的厨艺使桌上的菜肴时时更新。

他的身子像竹笋一样，以飞快的速度向上蹿，上了中学，便长出了一个宽宽的肩膀，比我高出了一大截，常常喜欢站着和我说话，刻意做出一副"居高临下"的样子。

他性格活泼，满箩筐的笑话说之不尽，一屋子都是他的声音。

16岁那年，他远离家门负笈美国，一去四年。他走后，寂寞就像粉末一样静静地撒在屋子的每一个角落，即使不去搅动，那粉末也常在、长在。四年后，他回来服兵役。之后，又像一只鸟振翅高飞，远赴伦敦工作。临走前，他认认真真地对我说："妈妈，给我一段时间在外面磨炼磨炼吧！为了您，为了爸爸，我会回来的，一定会。"

在异国，他工作顺心、生活惬意，如鱼得水、如鸟投林。

我盼望他回来，可又不愿给他施加任何压力。于是，等，静静地等、耐心地等。

终于，离家去国十年后，他回来了。

在新旧工作交接之际，他申请了假期，建议大家一起去旅行，还毛遂自荐地负起策划之重任。我说我想到东欧一带走走，他高兴地说："好呀，好呀！"不久后就把拟好的行程表交给我过目，哎呀，真是巨细靡遗！每一个城市的下榻处、观光点、饮食特色，全都详细罗列，连从甲地到乙地的车程需要多少时间也查得一清二楚。之后，忙着订机票、上网订旅馆。我和日胜平生第一次"坐享其成"，真是舒心呀！

在克罗地亚，我看他如识途老马一样驾着车子兜转于大街小巷时，惊喜于生命轨迹的奇妙相似——在他的童年和少年时代，我和日胜不也同样在异国他乡驾着车子，带着他认识地球村吗？这，应该就是我们给予他潜移默化的影响了。在孩子的成长岁月里，不管你在物质或精神层面给了他什么，有一天，当你垂垂老去时，往往也会得到同样的东西。

现在在家里，老是有一个声音在我耳畔絮聒：

"已经子夜了，还不睡觉？熬夜对身体不好呀！"

"玩电脑，背脊要挺直。姿势不对，会腰酸背痛的啊！"

"刚吃饱饭，坐着看电视，消化不良，出门去散散步吧！"

"您最近吃太多螃蟹，累积太多胆固醇了，记得要自我克制呀！"

我失去了自由，成了一个处处被监管的人。

然而，那是一种甜蜜的管制，我甘受约束。

上个星期天，他宣布："晚餐由我来做。"

他兴致勃勃地到超级市场采购食材，手脚麻利地在厨房里洗洗切切、煎煎炒炒、熬熬煮煮，短短一个小时，便做出了一大锅日式汤食，内有和牛、豆腐、粉丝、大白菜，还有几种不同的新鲜菇类。我的肠胃在那袅袅的烟气里发出惊天动地的喊叫声。和牛薄片嫩软如云，入口即化；粉丝轻软如风，滑不腻口；豆腐、白菜、菇类全都有着返璞归真的好滋味。哟，没想到他的厨艺竟然如此之棒，真是"士别三日，刮目相看"呀！

　　星期天又来了，我一脸馋相地问："儿子呀，今天，你煮什么？"

年

婆婆在世时，每年我心中最大的期盼便是回家过年。

家，在怡保。

每逢过年，日胜散居各地的兄弟姐妹便像"百川归海"一般，从四面八方涌向这个美丽的山城。

怡保是个美食天堂，可是，坦白说，不管什么美食，一到婆婆面前，便黯然失色。

婆婆的厨艺了不得的好，而且她无所不能。

往往新年来临前一个月，她便开始为这亲人团聚的好日子大忙特忙了。做虾饼、腊肠、米饼、年糕、花生饼、蛋卷、椰浆饼……做好了，便妥妥帖帖地收在一只只超大的铁皮桶内，让氤氲的香气静静地酝酿出新年的喜气。

到了除夕，她的"魔术棒"随意一挥，便变出30多个人的丰盛菜肴。3张大圆桌，鸡鸭鱼肉、鱼翅鲍鱼、冬菇海参，花团锦簇，让人目不暇接。那种觥筹交错的热闹啊，化成了隽永的记忆。人人大快朵颐的当儿，同时也在细细咀嚼那百割不断的亲情。婆婆呢，吃得不多，话也不多，手里捧着一杯黑啤酒，笑眯眯地听听、看看，一脸满足。

这样的新年过了好多好多年，我一厢情愿地以为这种圆满的日子会一直过下去。可是，在意料之中，也在意料之外，2001 年，高寿无疾的婆婆在亲人万般不舍中撒手尘寰。

祖宅绵绵不绝的笑声，自此画上了冷寂的句号。

偌大的祖宅无人居住，女佣不敢独守，辞职回乡。园丁旷工，荒草渐长，猥琐宵小有机可乘，潜入屋内，偷窃一空。这时的祖宅，就像我们的心，变得空荡荡的。

姻亲们经过了一轮又一轮的商议后，决定卖掉祖宅。

自此以后，亲人在农历新年团聚的"大本营"转移到了吉隆坡。

一直被婆婆无微不至地照顾着的我们，尝到了"断臂"的痛苦。

没人拥有婆婆那种过人的厨艺，更没人具有婆婆那种惊人的精力，无法一柱擎天地变出五颜六色多道菜肴来喂饱几十人的胃囊。于是，大家采取分工合作的方式，东家、西家、南家、北家各煮一两道菜肴，借一个个小音符来凑成一阕交响曲。然而，少了婆婆这根主弦，宛若汤里少加了盐，味道稀淡；尽管大家都很努力地营造气氛，可是，大家也明确而无奈地感受到无边喧闹里那一份巨大的寂寞。

其间有好几年的时间，年轻一辈负笈他国，走了一个又一个。人丁寥落，繁盛不再。往昔心中专为农历新年捻亮的那盏又圆又大的灯，已变成了一根火光闪闪烁烁的蜡烛。

可最近这几年，情况又有了新的变化。

年轻一代纷纷学成归来，有的还"一化为二"地携回了另一半。婚后，陆陆续续地繁衍出可爱的小娃娃，一个接一个。

年，又渐渐热闹了。

小孩儿活泼得像兔子而又吵闹得像麻雀，夜已渐苍老，他们的声音却还像乒乓球般在屋子的每一个角落活蹦乱跳，快乐好似一块块香软的橡皮糖，粘在大家的心房里。年的气息、年的气味、年的气氛，就这样猝不及防地回来了，全都回来了。

今年，年轻的一代兴致勃勃地宣布，从今而后，农历新年的一切，全由他们打点操办，我们只需"坐享其成"。

他们在各大餐馆订位，由除夕到年初二，中餐、印尼餐、泰国餐、西班牙餐等轮番吃，将各房长辈照顾得很周全。长辈们酒酣耳热之际，看着满地乱跑的小孩儿，心情像蒸过的松糕，甜甜、松松、软软……

啊，年的感觉，复活了。

中秋心情

过中秋，有两种心情：童年心情和成人心情。

浸淫在各种神话、寓言、传说、趣谈里成长，中秋对我们来说，是一个流光溢彩的佳节。

提着烛光闪烁的灯笼趑趄地走着时，我想着的却是嫦娥奔月的百种心态，想得入神，仰头看天，果然便看到了嫦娥那影影绰绰的婀娜，看到了玉兔那形单影只的寂寞。看着看着，不知怎的，眼角居然流出了一抹绚烂霞辉，然而，与此同时，一股焦臭味儿却不识时务地飘进了鼻端，低头一看，哎哟，原来是我纸糊的灯笼着火了，哪里是什么霞辉哪！烧掉的，是一只纸制金鱼，胖嘟嘟、笑眯眯，毫无心机。当然懊恼、当然伤心，但是，既已发生，就只能面对了，再多的怨怼与悲愁也于事无补啊！心想：来年中秋，我要选一只蝴蝶，火烧过来时，无辜的蝴蝶会飞，飞得高高的，猖狂的火焰烧不着它。

弟弟不喜欢"高处不胜寒"这个古老传

说，嫦娥跟他是八竿子打不着。他喜欢的是元代末年反元起义的历史故事，所以呢，异想天开的他，老爱掰开月饼，徒劳无功地寻找元代起义者偷偷藏在里面的字条，也寻找一种独独属于中秋节的神秘韵味。

成年后过中秋，便有了网状的心情：纵横交错，丝丝缕缕，有欢喜也有惆怅……

母亲在世时，是以一种近乎虔诚的心态来过中秋的。

每一年，她总趁我在阴历八月初返回怡保给婆婆庆祝生日之际，殷勤嘱咐我为她捎回家乡的月饼、拎回家乡的柚子。

婆婆心思细腻，事事都为我准备齐全。双黄莲蓉月饼给妈妈、五仁月饼给爸爸，还有绿油油的柚子啊，果肉晶莹如琉璃。

中秋夜的月亮，澄黄、干净、透亮，有一种妩媚的绚丽，好像镶嵌在漆黑天幕里一个令人垂涎的大月饼；而盘中的月饼呢，圆圆的，闪烁着金色的光芒，有一种油亮的光彩，好像天上的月亮不小心落到了盘子里。在这一刻，孰为月亮，孰为月饼，早已混淆不清了。

爸爸牙齿极好，五仁月饼在他细细地咀嚼里发出了音乐般的细碎声响，从他脸上宛如醉酒的表情中，我知道他是在聆听一阕乡音，一阕响自他出生地怡保的乡音，深沉、深长、深邃、深远。妈妈呢，在剥柚子，一瓣一瓣慢慢地剥，水是故乡甜，柚子嘛，当然也是来自故乡的特别甜啊！妈妈吃着时，仿佛在品尝大地的精华，脸上的欢喜汹涌澎湃。啊，人对故乡那份深植于灵魂的感情，往往会在佳节的氛围和传统的食品里，不动声色而又猝不及防地流淌出来……此刻，皓月当空，父亲和母亲齐齐被思乡之情淹没了。"但愿人长久，千里共婵娟"，双亲含在嘴里那一份隽永的甜，就是对乡人最深、最大、最圆的无声祝福。

父母相继去世后，我们，还有我们的孩子继续过中秋。

但是，世情已变。

灯笼，不再朴素。

那种年年让我引颈企盼的纸糊灯笼，已经遗憾万分地进了博物馆。取而代之的，是呆板生硬的塑胶灯笼。现在呢，"百尺竿头更进一步"地衍化为电子灯笼，孩子提在手上，瑰丽的色彩不停变幻、活泼的音符不停跳跃。更绝的是刚刚上市的"太阳能灯笼"，晚上能自动亮，白天能自动熄灭。瞧，连"开开关关"都妥妥帖帖地被安排好了，提着这种灯笼的孩子，心中没梦。

月饼，也不再单纯。

以前，吃月饼是吃美丽的传统、磅礴的历史、浪漫的神话；时至今日，吃月饼，是吃奢华、炫耀、人情……

那天，听一位初识的朋友谈他的心路历程。

他曾身居高位而日理万机，有一天，心血来潮，要求孩子为他预写一则"祭文"，因为在新加坡华文水平江河日下而又继续下滑的情况下，他担心孩子在他百年之后写出错别字连篇的祭文，贻笑大方。他说："写好收着，才能安心瞑目呀！"

万万想不到，孩子的"祭文"才写了几句，他便喊停了。他心重如铅地说："真的读不下去啊！"

"祭文"是这样写的："我的父亲去世了，可是，我对他的了解不多，因为他生前把所有的精力都奉献给工作了，很少有时间和我相处……"

句句属实，但字字宛如芒刺、犹如刀尖，直捣心窝。

他痛定思痛，决定转换人生跑道。

没了权力、少了收入，但是，赢得了感情世界。如今，父子俩谈笑风生，宛如知己。跳出了原来的桎梏，回首前尘，才发现过去叠床架屋的烦琐行政和惊涛骇浪的人事倾轧，对于精神其实都是一种无形的折磨。

孩子的"祭文"，让他在人生道路上做了一个美丽的 U 转。

U 转之后，才豁然发现眼前风景居然绮丽如斯。

曾读过一则韵味无穷的短文，大意是说一位年轻人在赶去与老禅师会晤的路上，看见一头牛被绳索拴在树上，周遭是一览无遗的丰盛草地，牛儿想去吃草，可是，转来转去，怎么也无法挣脱那道绳索。年轻人见到老禅师后，劈头便问："什么是团团转？"老禅师轻描淡写地说："皆因绳未断。"老禅师一语中的，年轻人瞠目结舌。老禅师微笑着说："你问的是事，我答的是理。你要谈的是牛被绳缚而不得脱身的事，我想讲的却是心被俗务纠缠而不得超脱的理，一理通百事啊……"

在上述故事的原文里，有几句醍醐灌顶的话："因为一根绳子，风筝失去了天空；因为一根绳子，水牛失去了草原；因为一根绳子，骏马失去了驰骋。"

那么，在俗世里，绳子指的是什么呢？

金钱？权力？欲望？

是，都是，皆是。

众人为了它们，东西南北、上下左右，团团打转。天空辽阔，他们却没有翱翔的自由；大地无垠，他们却没有遨游的时间。因为一根绳子，他们典当了亲情；因为一根绳子，他们押上了整个人生。

然而，尘世中还有一种情况比这更不堪。

身怀理想的人，因为稻粱谋而被一个犹如粗绳般的庞大机构紧紧地拴着，没完没了的行政杂务排山倒海，一无是用的冗长会议天天重复，人就像一只陀螺，在原地团团打转，却又不晓得为了什么而转；转转转，转得身心俱疲。美好的理想在大小绳索重重捆绑之下，尚未好好发展便已夭折。为了工作，他们典当了亲情、押上了自己的人生，最终却是竹篮打水——一无所得。

高瞻远瞩的主管，是不会让下属当陀螺的，而是会鼓励下属变成风车。风车和陀螺一样，也在不停地转，但是，风车在转动的当儿，也充分发挥了强大的作用。在荷兰，风车除了用以排水之外，还充作榨油、锯木、灌溉、研磨农作物等用途。人，不也一样吗？如果人生方向明确，又碰上能够让自己发光、发亮的主管，纵然"捆绑"于一个机构，人生的意义依然可以很好地彰显。

千里马，需要的是伯乐。

遗憾的是，大部分主管要的却是陀螺。

萤火虫之恋

暮年丧偶，踽踽独行于天静地也静的羊肠小道上，默默聆听自己心里的唠叨，那种无边无际的寂寞，是能够把一个人的心活生生地埋葬掉的。

有些老人，在日复一日的孤寂中，忽然天降喜雨般碰上了愿意和他携手同行的另一个人。这个人，把亮光带进了老人的世界。老人知道，这不是阳光，也不是月光，只是萤火虫的光，闪闪烁烁，随时会灭，但是，那点亮光却是他或她暮年里全部的璀璨。

鳏夫想再婚，而寡妇想再醮，在盈耳的喧嚣里，有真诚的祝福，也有反对的声浪，其中以后者居多。令人遗憾的是，跳着脚反对的，往往是被他们视如心头肉的儿女。

说一则真实的故事：

吕文和蓓蒂是我们家的朋友，独生女荷荷在美好的环境里顺顺利利地长大成人，三千宠爱于一身。年过半百的吕文和蓓蒂鹣鲽情深，天天花好月圆。然而，现实出其不意地闪出雷电，既毒又狠，硬生生地将这个幸福的家庭残酷地劈成了两半。蓓蒂在 58 岁那年心脏病突发，猝然长逝，留下方寸大乱的父女俩。

22 岁的荷荷在葬礼上哭得像个孤儿，与妻子同龄的吕文呢，没有流泪，一滴泪都没有，他不言不语，神情平静，但是，眼里那种近乎绝望的悲伤却像尖利的石子，前来吊丧的人似乎都被刮伤了。

蓓蒂生前，与快乐等同。她爱说话，但不是叽叽喳喳那种烦人的饶舌，而是真心和人分享许许多多自寻常生活提炼出来的哲学，睿智而又风趣。她的声音很甜，每次说话，都让人误以为蜜枣忽然发出了声音，灌进别人耳里，字字句句都像音乐。以往一串音符飞绕的屋子，忽然变成了一室寂静，那种感觉足以让人窒息。

那段时期，吕文像一具被人抽掉了灵魂的空皮囊——活着，又不像活着。和女儿相对时，两人都刻意回避蓓蒂已辞世这个令人心碎的事实，但是，回避得太刻意了，那种悲伤反而欲盖弥彰。荷荷是会计师，为了化解悲伤，她没日没夜发狂地工作，早早离家，迟迟不归。吕文呢，早在 55 岁那年便退休了，日子里的空白，是尖尖的钩子，勾出了一波又一波鲜血淋漓的痛楚。

丧礼过去几个月后，一日，朋友邀吕文参观画展，就在那儿，吕文邂逅了一颗温暖的心。女子比他小 3 岁，是退休老师，爱音符、爱色彩，优雅地活着，也优雅地老着。

两颗迟暮的心，像两只萤火虫，彼此以自身的亮为对方照出暮年的绚烂。他想再婚，她要再醮。

荷荷的反应剧烈，全然超乎想象。她哭、她骂、她闹，只差没有上吊而已。父亲决定再婚，她认为这是对已逝母亲最大的背叛，也觉得这让她在亲朋好友面前抬不起头来。也许，心底深处，她还自私地想到了屋子和财产继承的问题。最后，她以离家出走来恐吓她父亲，让深爱她的父亲做出了与女友分手的决定。

自此，吕文活得像个随处飘荡的影子。

一年后，荷荷交了男友，正爱得如火如荼的当儿，抑郁寡欢的吕文却被诊断患上了晚期前列腺癌，他一个人孤独地进出医院，电疗、化疗。数月后，撒手尘寰。

在葬礼上，荷荷哭得像个幼年失怙的孤儿……

我觉得，杀死吕文的，其实不是前列腺癌，而是心癌。

最后的金黄

在一个觥筹交错的宴会上，手机响了，坐在我右边的妇人接听，她语调畅快地说："一切都已安排好了吗？很好，很好。记得提醒旅行社，给我安排一个轮椅啊！"挂掉电话之后，她转过头来，微笑着对我说："我下个月去韩国旅行。"说这话时，她一脸的皱纹就像石缝渗入了水分一样，闪着滋润的亮光。

说来令人难以置信，这妇人已年过九旬，层层相叠的皮肉松垮垮地从颈项耷拉下来，然而，那双眸子竟万里无云似的清亮，波澜不惊地看着已经过去了的，以及还得继续过下去的日子。

她自嘲骨子里滋生着"旅行的菌"，只要有一段时间不出远门，便浑身不安、不乐。年轻时，足迹遍地；如今，年迈力衰，可她却不想坐在家里等着被风干。她精神抖擞地说："就算得坐轮椅，我还是要看世界！"

岁月不饶人，但她不愿臣服，更不甘屈服，日日以"游戏心态"挑战岁月，一副

"你奈我何"那种老顽童的模样儿，活到老，玩到老。席间，有人调侃说："她呀，是花钱专业户呢！"她也不否认，笑笑应道："钱，是带不走的东西耶，不花，怎么着呢？人生最惨的事，莫过于人在天堂，钱在银行，儿女在公堂啊！"顿了顿，又正色说，"如果我走后留下大笔钱，他们坐享其成，会被白花花的银子宠得一无是处。现在，我趁一息尚存，和家中大大小小成员一起出门旅行，热热闹闹地玩，开销全由我负责，钱花得多痛快啊！"

举座点头称是，都觉得她理智又豁达。有人悄悄地附在我耳边说，老太太其实常常以匿名的方式，把钱大笔大笔地捐给教育机构，百年树人。她相信"儿孙自有儿孙福"，不必用遗产为他们开路。

坐在我左边的妇人呢，穿着优雅的套装，披巾飘逸，蓬松的头发染成了俏皮的褐色。她问我："你猜猜，我多少岁啦？"我端详她，象牙色的皮肤出现了冰裂般的条纹，好似不小心被碰伤了的瓷器。我想，她该有 70 岁了吧？她一听，便高兴地笑了起来，说："嘿嘿，我嘛，82岁了！"哎哟，我失态地叫了一声，眼前这风韵绝佳的迟暮"徐娘"，左看右看，前看后看，怎么看都不像个80多岁的老妪啊！

问她如何保养，她幽默地说："快乐啊，快乐就是我的美容剂！"她是教徒，每回教堂为孤儿院或老人院筹款，她便当仁不让地参加。她笑吟吟地说："我煮的咖喱鸡、罗汉斋、酱卤肉啊，大家都竖起拇指叫好呢！每回煮上百人的分量，筹得不少款项哪！我的孩子怕我劳累过度，老叫我不要参与，可是呀，身子越不活动，就越像化石。做善事，心里高兴，越活越来劲嘛！老实说吧，到了我这把年纪，想做啥，便做啥，半点也等不得！"顿了顿，又说，"孩子老对我说，妈妈，你歇歇吧！哈哈，等我以后长眠了，不就永永远远地歇着了吗？"

坐在我斜对面的妇人最"年轻"，才过七旬。她与儿孙同住，三代相处愉快。别人探问秘诀，她轻描淡写地说："不该管的事，什么都不管。孩子那一代的事，完全放手。他们全都是三四十岁的中年人了，还管个啥呢？孙子那一代的事，完全放心，是好是坏，有他父母管着，操心个啥呢？"

这三位"暮年一族"，把生活过得像哲学，快乐又潇洒。

快乐，是因为她们深谙暮年的"三不要诀"：不省钱、不等梦、不管事。潇洒，是因为她们顺应"双放"心态：放手、放心。

就在这种"收放自如"的睿智心态下，她们在人生最后一季的秋天中，让挂在树梢的叶子闪出了耀目的金黄。

猴患

起初，很喜欢；渐渐地，烦腻、厌恶；现在呢，直想除之而后快。

我指的是猴子。

住宅后面，是蓊蓊郁郁的丛林。那一片深深浅浅的绿，带着一股肆意妄为的任性，由屋子的这一端一直纵横到云深不知处。

丛林，大部分时间是沉默的；喧闹的，是不断曳着残声过别枝的蝉，一声一声，高高低低、疏疏密密，宛如美丽的抛物线；猴子呢，在树与树之间、叶与叶之间，上上下下地飞蹿。树和叶，因此有了喋喋不休的絮聒。

偶尔一两只猴儿自丛林里跑了出来，在花香氤氲的巷子里大摇大摆地走来走去，搔首弄姿。居民纷纷跑出屋外，观赏、戏耍。长年生活于钢筋水泥里的小孩儿，简直就像看到外星球的怪物一样，兴奋地喊、叫、跳，取花生、拿香蕉，抛着喂、蹲着喂。猴儿没料到会得到这等"礼遇"，自然喜不自抑，从此以后，隔三岔五便来寻访，人与猴，有着极好的互动。有时，猴儿隔了许久没来，邻居见面，总会互相探询："最近有看到猴子吗？"纯然是一种关心老朋友的亲昵口吻。小孩呢，满心焦灼，因为他们刻意给猴儿留着的香蕉已经烂了，可是，猴儿却不见踪影。

渐渐地，走出丛林的猴子越来越多了。不是一两只，而是一群。它们攀着枝丫，从一棵树跳到另一棵树，呼啸而来，声势浩大，连狗儿都受不了，狂吠不已，一家吠，家家吠，树树摇撼，有"山雨欲来风满楼"的感觉。群猴露着狰狞的饿相，不再温驯地坐在路边等人喂，它们张牙舞爪，看到食物便巧取豪夺。有佣妇自菜市归来，猴子群起围攻，佣妇尖叫，菜篮掉落，猴子飞扑过去，攫取散落一地的瓜果蔬菜。自此之后，看到猴子，成人和小孩都纷纷回避。这个时期，邻居见面，总满腹怨气地投诉："又来了，那群鬼猴子！"语调里充满了鄙夷和厌弃。

也不知道从什么时候起，猴子居然大模大样地登堂入室了。

那天下午，我在书房写稿，突然听到厨房里传来了类似翻箱倒柜的声音，冲去一看，立时愣住了，想喊，声音却阿阿地堵在喉咙，成了恐惧的嘟哝。几只胆大包天的猴子正"大闹天宫"呢！竹篮被翻倒了，水果被掠夺一空，它们还爬上桌子，把面包、饼干拼命往怀里揣。看到我，一只，两只，三只，四只，手脚敏捷地从窗口跳了出去。自此之后，我再也不敢随意让窗户敞开了，只惆怅地听轻风在屋外唱歌。

邻居告诉我，有一天，她开着后门在厨房炒菜，突然觉得有个黑影落在身边，不经意地转头一看，天呀，有只壮硕的猴子竟然悄无声息地站在那儿！邻居说："我立马跑开，大喊大叫，它居然不怕，还步步逼近，我抄起凳子，猛力砸向它，才硬生生地击退了它！"

最近，在一个邻里聚会里，谈起猴子，人人咬牙切齿，都觉得生活质量因猴患而大大下降了。有人建议人道毁灭，附和者众多。

这时，有位老者缓缓开口了："你们有看到吗，建筑开发商像贪婪的侵略者一样，侵入了一片又一片绿色的土地？你们有听到吗，铲泥机的声音此起彼落源源不断？你们有想过吗，丛林如果有足够的食物，猴子干吗还得像丧家之犬般四出寻找果腹的东西？也许，很快地，连鸟儿也找不到栖息的树而得在我们的屋顶上筑巢了。届时，你们是不是也要对群鸟进行人道毁灭呢？"

老鼠

在福建的一条小巷，摊主此起彼伏的叫卖声化成了一股股气流，犀利无比地撞来撞去，把污浊的空气撞得碎成一块块。吸引我注意的，是当中一个异常嘹亮的嗓音，有着不顾一切的粗犷和尖锐："杀杀杀，杀老鼠、杀蚊虫、杀蟑螂、杀蚂蚁，一杀便死，一死便绝迹！"

我家后面是个大丛林，夜半无人私语时，鸟鸣猴啸、虫唧鼠叫，扰人清梦。最让我头痛的是，每隔几年，便有鼠患。可恶的老鼠由丛林窜入家门，匿藏暗处，大啖大食，大肆破坏。人鼠大战期间，我食不下咽、寝不安席，几乎得抑郁症。

现在，听到"一杀便死，一死便绝迹"这话，简直就像是悦耳天籁。

我告诉摊主，要买歼灭老鼠的毒药。

他拿起一包类似爆米花的东西，舌灿莲花地说："这种粉红色的零食，内蕴异香，能吸引鼠辈。它毒性特强，入口几秒，便毒发身亡。来一只，杀一只；来两只，杀一双。"

哇，这么神奇！我毫不犹豫地买了几包。

他又推销一种色泽亮丽的老鼠胶板，唾沫横飞地说："老鼠和人一样，是与时俱进的。那种漆黑如墨的胶板，它们早就心生警惕了，你放上几年也没用。这种艳黄色的，刚刚推出市面，鼠辈觉得新鲜，窜过来看时，保证被粘得不能动弹。来一只，粘一只；来两只，粘一双。"

哟，能奏奇效！我毫无迟疑地买了几盒。

从福建回国后不久，家里赫然出现了鼠踪。水果被咬得七零八落，鼠粪遍地。它十分机灵，深夜入屋，吃饱喝足，便施施然从窗口遁走。

我信心满满地摆放了一碟"爆米花"，可次日一看，"爆米花"被吃得一干二净，当晚，老鼠竟然再次现身，吃面包、咬饼干、嚼快熟面，一副"你奈我何"的无赖相，挑衅意味十足。

我改用老鼠胶板，然而，放置其上的鱿鱼被吞掉了，胶板上只留下浅浅的足印。很显然，胶板黏性不足，根本粘不住它！

瞧，该把老鼠弄死的"毒药"，却成了壮鼠的零食；该把老鼠逮住的胶板，却成了老鼠嬉戏的滑板！

这不禁让我想起了曾在网上看过的一则笑话：有个小伙子，到一家小店买一包售价 90 元人民币（下同）

的香烟，掏出百元钞票给老板。老板一时疏忽，找了20元给他。他窃喜，转身便走。可没走多远，被老板喊住了："喂，先生，你的香烟忘了拿呀！"小伙子十分感动，把老板多找给他的10元还给他。老板被他的诚实感动了，赶快说："小伙子，把刚才那包香烟还给我吧，我换一包真的给你。"小伙子抽着老板新换的香烟，那纯正浓郁的烟味再度感动了他，他忍不住开口说："老板，把刚才那张百元钞票还给我吧，我也换一张真的给你。"

在假货充斥市场、赝品泛滥商场的当儿，无计可施的小市民想出了许多滑稽的小故事，借以嘲讽这个令人不满而又无法解决的社会问题。

说真的，买到假鼠药和假胶板，毒不死老鼠、抓不了老鼠，我不太在乎。我真正在乎的是，原该壮婴的奶粉、该壮人的食油等等，最后却成了损害健康的"毒品"，我们究竟应该如何防范这层出不穷而又挡不了杀不尽的"洪水猛兽"呢？

约好友莉莉喝下午茶。

惊见她憔悴不堪，疲惫由脸庞一直延伸至发际。关心探问缘由，她有气无力地说："都是米耶惹的祸啦！"我追问："谁是米耶啊？"她没好气地回答："是我妹妹养的狗啦！"

她妹妹缤缤最近到澳大利亚旅行，把狗儿交给她照顾。她急急忙忙地买了一大堆荤的、素的、纸盒装的、罐装的狗粮，以为只要确保米耶膳宿温饱，便算"功德圆满"了，没想到米耶带给她的竟是精神与肉体的双重折磨！

"它爱吠，一有什么风吹草动，便会连续吠上一长段时间，就算我挪动椅子、开门、关门，它也吠个不休，吵得我神经衰弱。为了避免惊扰它，我在自家屋子里蹑手蹑脚地，活得像个幽灵！"

米耶还会耍性子呢。它原本已学会了去固定的角落方便，可是，有一次，莉莉和夫婿外出赴宴，深夜回来时，赫然发现到处都是尿和屎。原来米耶不甘被"遗弃"

在家，故意在大厅里拉屎、拉尿，又踩在尿和屎上满屋乱跑，弄得全屋邋里邋遢、臭气熏天！夫妻两人清洗屋子，搞到凌晨三四点才就寝。此后，每回屋子里没人，它便如此这般恣意妄为。莉莉被迫与它日夜厮守，不敢擅自外出。

缤缤临走前再三嘱咐莉莉，务必带米耶上宠物美容院，让它松懈身心，这样，它的性情才会保持开朗活泼。当米耶在美容院里被专人伺候着进行泡浴按摩、修甲净耳时，莉莉耐着性子坐在大厅等。美容过后，米耶容光焕发，和神情萎靡的莉莉形成了强烈的对比。

几天前，缤缤旅行回来了，狗归原主。莉莉蒙头睡了几天几夜，元气还是无法恢复。

"我养大了三个孩子，然而，从来不曾如此劳累。"莉莉说，"缤缤不肯生孩子，嫌烦，可是，伺候狗儿，再烦也不嫌。她整天搂着米耶，喋喋不休地话东道西。我说，妹妹呀，你这不是自言自语吗？她竟然说，你没看到它听得多用心吗？听了又会替我保守秘密，绝对不会出卖我，安全可靠啊！再说，你的孩子成天与你怄气，你可曾看到米耶惹我生气？你可曾看到它与我顶嘴？"

莉莉和缤缤的对话，让我想起了在杂志上读到的一则花边新闻。

最近，英国兴起了利用狗儿进行心理治疗的新风潮。根据调查，很多年轻的狗主喜欢利用狗儿进行一些重要的排练或预习，比如求职、求婚等等；另外大部分狗主喜欢和狗儿倾谈心事。基于这样的心理需求，"狗医生"应运而生。那些家无宠物而心有千千结者，现在可以敞开心怀向"狗医生"寻求心理治疗了。

"狗医生"守口如瓶，道德操守好，而且有足够的耐心，在聆听时绝对不会随意打岔或无礼反驳，所以求助者可以毫无顾忌地畅所欲言，举凡难以启齿的心事、秘密筹备的计划，甚至一些荒诞不经的想法、古灵精怪的念头，通通都可以毫无保留地向"狗医生"说个彻彻底底。一旦纠结的心事掏得干干净净，沉沉的压力和负荷当然也就得到了舒缓。从治疗室出来时，所有的忧伤、内疚、懊悔、痛苦、惧怕，都暂时转移给"狗医生"了。

这真是一个寂寞而又荒谬的时代。

由于一般人只爱聆听自己的声音，无形中给了"狗医生"一个"投其所好"的机会；也因为人与人之间互不信任，"狗医生"才能公然和人类"抢饭碗"。

"狗医生"的大行其道，对人类来说，是莫大的讽刺。

蛇梯游戏是我们贫瘠童年里的精神冰糖。

一个个结实陡直的梯子、一条条五彩斑斓的毒蛇，星罗棋布地印在棋盘上。我们姐弟仨轮流抛骰子，再根据骰子上的号码移动棋子。如果幸运地碰上梯子，便意气风发，平步青云、飞快跃升；倘若倒霉地遇到毒蛇，便灰头土脸地掉落下去。如此攀攀跌跌，最先抵达云霄终点的便是赢家了。

我们姐弟仨在蛇与梯美丽的纠缠中，一寸一寸快乐地成长着。也许，蛇梯游戏对我们起了潜移默化的影响，所以，长大之后宠辱不惊。反正嘛，起起落落才是正常的人生，就像花开花谢一样。

"蛇"是常常被母亲挂在嘴边的。日上三竿还赖床，母亲就会喊："起来啦，起来啦，别像条懒蛇一样！"对贪得无厌的人，母亲就会说："真是人心不足蛇吞象啊！"有时，她也用蛇比喻狡猾的人、歹毒的人、阴险的人，而她最痛恨的便是"两头蛇"，两边讨好又两边破坏。

原先只是在口头上说说的蛇，有一天竟

然蠕蠕地爬进了屋子里，大模大样地栖息在水槽底下半开的橱柜内。那时，家境拮据，我们住在河边的一座木屋里。河畔是丛林，想必那蛇住腻了老家，想学乾隆皇帝下江南，鬼使神差地住进了我们家。

那天，爸爸不在，家里只有我们母子四人。

母亲想淘米做饭，然而一开橱柜，便低低地喊了一声，倒退了两三步，脸变得煞白，眼睛里闪烁着惊恐。

是蛇——我们都看到了。

那条蛇，蜷缩着不动。空气死般阒静，一如影像的定格。不旋踵，母亲回过头来，以急促的语气对三个几乎把身体嵌进墙壁里的孩子喊道："出去，快点！"脸青唇白的我们以飞一般的速度朝敞开的后门跑了出去。

蹲在河边，心里的恐惧"蓬勃"增长。

这时，屋子里传来了"乒乒乓乓"一阵乱响，我们担心母亲的安危，又一阵风似的跑进屋子里。只见母亲手执平时用来劈柴的斧头，双眼直勾勾地瞪着前方。那条不知天高地厚的蛇已被斩成了几截，蛇血正沿着被劈坏了的橱柜滴滴答答地淌下来。母亲的脸色发青，屋里有种断壁残垣似的荒凉感。

很多很多年之后，我才明白母亲当时的心情。在孩子面前，不管母亲心里有多惊、多悸，还是得设法为孩子撑起头顶那一片天。成年之后，背起行囊的我，在异国他乡屡屡和蛇打交道——用胃囊、用眸子。

在春暖花开的中国广州，我吃软绵入味的"蛇鼠一锅"；在夏日炎炎的泰国曼谷，我喝阳刚暴烈的蛇血；在秋风乍起的中国香港，我品尝甘美滑嫩的蛇羹；在冬风回旋的武夷山，我享受现杀现做的鲜蛇火锅。想到蛇平时作恶多端，我吃得心安理得，喝得痛快酣畅。

最别开生面的，是在印度看蛇跳舞。耍蛇的人盘膝而坐，全身披鳞的眼镜蛇从圆圆的竹篓里探出头来。当笛声从弄蛇人唇边袅袅地飘出来时，那剧毒的蛇便成了风中婀娜的柳条，迂回曲折地款款摆动。慢慢地，笛声变急，舞姿变狂，蛇身忽左忽右忽上忽下地扭，忘情地扭、疯狂地扭，扭出了千种妖娆的妩媚、扭出了万种蚀骨的风情。

在这一刻，我想到的却是蛇蝎美人。多少人，丢魂失魄、妻离子散、身败名裂，只因为抵挡不了那一份勾魂的美！

衷心希望大家都能练成百毒不侵的内功，抗拒蛇的诱惑。

借千斤顶的人

阿慧约我喝下午茶。

只见她耷拉着头，眉宇间压着一朵乌云，即便是笑，也含着三分苦涩。从她嘴里发出的声音，像一群等待检阅的士兵，硬邦邦的。

她的独子阿滨，未婚，本来任职于银行投资部门，收入丰厚。然而，最近不顾她的反对，我行我素地辞职了，原因是他想趁年轻时外出旅游，利用长达一年的时间，好好地逛逛地球村。

阿慧蹙眉说："近来，飞机频频出事，不是失踪，便是坠落，你说，我怎么放得下心呀？再说吧，一个人一整年在外面游荡，没个温饱，叫我如何放心呢？还有，一份如此理想的工作，说辞就辞，一年后回来，还能找到同样条件的工作吗？三十几岁的人，原该收心养性，娶妻生子，安定下来，可他却像一匹脱缰的野马，漫无目的地东奔西跑，我这当母亲的，真是一百个不放心啊！"

不放心……看着脸如苦瓜、声若黄连、杯弓蛇影、草木皆兵的她，我忍不住笑道："阿慧呀阿慧，你真是一个借千斤顶的人啊！"

"千斤顶？"她宛若碰上外星人一般瞪着我，"你这话，什么意思？"

"千斤顶"是作家 J.P. 麦克沃伊撰写于 20 世纪 50 年代的故事。大意是说，有个人驾车奔驰于乡间道路时，"砰"的一声，爆胎了。当他想换轮胎时，却发现车上没有千斤顶。举目四望，看到附近有灯光，他自言自语地说："我运气不错哦，农舍主人还没有睡，我这就去敲门，向他借千斤顶，他应该会说，没问题，拿去用吧，记得要归还呀！"可是，他向前走了几步之后，灯光突然熄灭了，这时，他又忖度："农舍主人上床就寝了，如果我吵醒他，他一定会大为光火，说不定还要向我索取费用。我就对他说，好吧，我愿意给你 25 美分（1 美分约合人民币 0.07 元）以表达我的谢意与歉意。他或许会说："什么？你以为半夜把我从床上拉起来，却只用一个铜板就能打发我？给我 1 美元（1 美元约合人民币 7 元），不然就找别人借！"这时，他越想越激动，快到农舍了，嘴里还喋喋不休："罢了，1 美元就 1 美元！但你休想我再多掏一个子儿！我这个倒霉鬼深夜在此爆胎，只不过是要借个千斤顶而已，你却百般为难我。不管我给你多少钱，很可能你都不肯借。对，你就是这种人！"怀着这样的心情，他终于走到了农舍前，又急又猛地敲门，屋主从窗户探出头来，喊道："谁呀？什么事？"他没好气地吼道："你跟你的千斤顶去死吧！"

"心有千千结"的阿慧听后也忍不住笑了起来。

我发现，在日常生活里，"借千斤顶的人"比比皆是。

不管发生了什么事，大事也好，小事也罢，他们总会在自己的脑子里衍生出许多无谓的臆测，形成了许多"无中生有"的烦恼，苦苦地自我折磨。最可怕的是，这些臆测与烦恼，像胡生乱长的藤蔓，杂乱无章地攀爬在脑子里，把事实的真相全都遮蔽了，也把可能发生的事情全都错误地"负面化"了。世上本无事，庸人自扰之！

我对阿慧说："阿滨已过而立之年，行事一向负责稳重，你的不放心，是对他的不信任，让他在跨出人生新的步伐前便已有了不必要的心理负担，何苦呢？再说，他如今辞职看世界，肯定能帮助内在的自我更好地茁壮成长。旅行回来后，饱经磨炼而心智倍加成熟的他，在寻找新的工作时当易如反掌。你即将有个面貌崭新而更为完美的儿子，还愁个啥呢？"

阿慧不语，隐然若有所悟。

放

送一个小巧玲珑的警铃给一位常常旅行的好友。

警铃设计巧妙，一旦歹徒欺近身来，只要轻轻地拉一拉附设的小圆环，警铃立刻发出刺耳的尖锐鸣声。在我看来，这是护身宝物，不料好友却断然拒绝了："我不需要。"我讶然惊问："你是柔道高手吗？"她淡淡笑道："我啥武功也没有，不过，我早已决定，一旦碰上歹徒，我会放弃所有身外之物。有时候，'放'就是自保之道，也是万全之策呀！按了警铃，也许反而会招来杀身之祸啊！"

的确，适其时的"放"、适其所的"放"，许多时候，反而是一种"得"！放掉肩上那一捆辛辛苦苦砍来的柴，还有一整片予取予求的树林啊，怕啥呢？

"放"，可说是人生一门学之不尽的学问。

有位朋友，兼通九国语言。终其一生，汲汲于语言学习，读懂了一种，便快速转向另一种。九种语言，门门都通，可是门门都不精。如今，两鬓斑白，回首前尘，悔不当初。

他深沉地说："一事无成，只因年轻时不懂得放。要是当时仅仅专攻一国语言，精读、细读、详读，往深处研究，现在我的人生肯定不同。"

然而，中国人的哲学恰恰是教人去"抓"呀！

沿袭至今的"抓周"习俗，不正是教混沌初开的小孩用双手去"抓"人生的美好志向吗？及至适学之龄，抓奖杯、抓奖牌，抓个满襟满怀，一心期盼能独占鳌头。工作时，抓表现、抓花红，为求平步青云，不顾他人的感受，横冲直撞。当双手猛抓时，自我健康受到损害，人际关系也蒙受重创。

恰如其分的"放"，既是宽待他人，也是善待自己。

"放"这门哲学，也适用于婚姻。

亲如夫妻，也需要自由的空间。老友阿伟，长期为"气管炎"（妻管严）苦苦折磨。据他透露，他就像生活在一个密不透风的麻包袋里，行将窒息了。鸡蛋再密，也有缝隙——在妻子阿嫣自以为滴水不漏的管制与约束里，阿伟居然找到了善解人意的蔓蔓作为他的"呼吸管道"。歇斯底里的阿嫣几近崩溃，可她早该明白，把人密密地封着，那个气管严重被堵的人总得自寻活路呀！

古人所谓的"欲擒故纵"，说的不正是"放"的艺术吗？

最近，接到海外挚友阿槿来鸿，谈及人生的另一种"放"。

孀居的她，与儿媳同住，关系还算融洽。去年，家有弄璋之喜，三代同堂原该是天大的好事，偏偏婆媳俩抚养孩子的理念南辕北辙，时起勃谿，本是花好月圆的家，骤然变成了"火药库"，动辄"爆炸"。

痛苦不堪的阿槿，一日，经好友指点，忽然开窍了。那位已升任祖母而又快活自在的好友对她说："一代有一代的事，我们要抓的，是孩子那一代的事；到了孙子这一代，我们得放手了。当年，该抓时你抓得好，今日才得以安享福泽；可是现在该放时你不放，可能便会前功尽弃了！"

在给我的信里，阿槿如此写道："放，原来是如此美好的事。现在，我天天实践'放'的艺术——放一点，又放一点，再放一点。放得越多，人就越轻松，日子就越逍遥……"

阿槿成了"放"这门哲学的忠实信徒，活出了暮年的怡然与恬然。

阿凌

和一位新认识的朋友阿凌谈起婆婆生前的趣事。

婆婆手巧，缝工一流。每回看到我为孩子补缀衣服而留下那一条条奇丑无比的"蜈蚣"时便笑得前仰后合。有一回，纽扣掉了，我缝回去，只看到乱七八糟的线团与小巧玲珑的纽扣纠缠不清，婆婆自是笑得上气不接下气。

我不自卑，更不气馁，只对她说："来，请跟我来。"

我把她领到电脑面前，说："您坐。"她问："干吗？"我启动了电脑，把鼠标塞进她手里，说："你用电脑打篇文章来给我读读。"她哈哈大笑，立刻领会了我没有说出口的那个道理。

天生我材必有用嘛！

甲乙丙丁，通通都有应付生活的武器。

万万没有想到，阿凌听了这个趣味盎然的小故事后，竟然以"同仇敌忾"的口气应

恨

花瓣的甜味
尤今的蝴蝶人生

48

道："你做得对！像她那种整天只会挑人错处的老太婆，就应该给她一点颜色看看，不然，她还以为你一无是处，很好欺负耶！"

我愣了、傻了，完全接不上话。

我与婆婆感情极好，婆媳常常以一些无伤大雅的玩笑来点缀生活。我不善缝纫，她笑，既不是讥笑，更不是耻笑，纯粹是因为我的手工蹩脚得超乎想象，她觉得太好笑了、太惹人笑了，她想笑，就笑了，半点恶意都没有。我呢，要她用电脑写作，根本不是想反击她，更不是要羞辱她，只不过是以一种幽默的方式给生活略略增添异彩罢了！

可阿凌怎么尽从负面的角度来看待事情呢？

事后得知，她与自家婆婆势如水火，就像太阳和月亮，永远只希望对方不在时才出现。偶尔碰在一起，就宛如雷与电，电闪、雷击，永无宁日。

日日生活在硝烟里的她，眼中看到的大事小事全都是恨，就连我带笑叙述的生活趣事，她居然也听出了恨意。

恨，扭曲了一个人的心，使她成了快乐绝缘体。

阿梅

两年前，阿梅与相交多年的男友结婚。短短一年后竟然离婚了，据说有小三介入。

之后，她辞职，出国云游，一去多月。

最近，听说她回来了，约她晤面，电话里，她的声音脆脆亮亮的："好呀好呀，不过明天不行，我必须陪我婆婆去看病。"

"婆婆？"我讶异地问，"你再婚啦？"

"不是啦！"她笑了起来，"是我前夫的母亲啦！"

我很纳闷，难道她和前夫破镜重圆了？

见面时，她谈她的心路历程："发现他有小三时，那个恨啊，钻进我灵魂深处，让我有摧毁一切的冲动，当时我多想有一把枪啊！在发疯之前，我将自己彻底抽离旧环境。出国的这段日子，我想通了，恨，其实是自我摧残的毒药；原谅，才是最大的解脱。婆婆在婚前婚后都对我极好，我回来后去探望她，才发现她健康状况急剧下滑。"顿了顿，她看着我，目光清澈如水，"我会尽可能地照顾她，因为她的新媳妇不愿负起这个责任。"

我想起了李嘉诚说过那一番掷地有声的话："你想过普通的生活，就会遇到普通的挫折；你想过最好的生活，就一定会遇上最强的伤害。这世界很公平，你想要最好，就一定会给你最痛。能闯过去，你就是赢家；闯不过去，就乖乖做普通人。所谓成功，并不是看你有多聪明，也不是要你出卖自己，而是看你能否笑着渡过难关。"

无疑地，阿梅是生活的大赢家。

痛

阿吴和阿蔡原本既是大学同窗，也是莫逆之交。

阿吴长袖善舞，经过多年努力，终于在商界站稳了脚跟。他想拓宽商业版图，于是向阿蔡招手。在丰厚薪金的诱惑和深厚友情的呼唤下，阿蔡依言辞去原有职位，加入了阿吴的公司当部门主管。可是，阿蔡毫无作为，他所在的部门只有亏损，没有盈利。年复一年，毫无起色。终于，阿吴出手了。他把阿蔡调去另一个部门，给他一份闲职，降了他的薪金，也取消了很多优厚的福利。阿蔡坐了一年冷板凳，忍无可忍地拂袖而去了。

自此之后，他逢人便说："我原本有一份不错的工作，他口口声声说需要我，我才辞职去帮他的；可是，万万没有想到，他心狠手辣，是一头披了羊皮的狼。在公司里，每一天，我都是最早到、最迟回的，连年假都没有，为他拼死拼活，他不但不领情、不感恩，还以如此下三烂的手段来对付我，真是流氓啊！"

有关这个"流氓"的故事，他说了又说，说了再说。在故事里，他是百分之百的"受害者"，对方是百分之百的"迫害者"，他的腔调凄厉而又凄凉，充满了委屈和冤屈。然而，他忘了，阿吴开的是商业公司，不是慈善机构，阿吴对主管的要求，是"功劳"，不是"苦劳"。

如今，事过境迁已近两年，阿蔡居然还不厌其烦地老调重弹，我的耳朵已听出一层厚厚的茧了，可他还乐此不疲地"细说从头"："我原本有一份不错的工作……"

老实说吧，他一开口，我便想落荒而逃了！

谁的人生只有玫瑰的芳馥而没有扎手的荆棘？

失学、失业、失和、失身、失宠、失恋、失婚、失利、失败……通通都是痛。

被扎痛了，像祥林嫂一样一而再再而三地告诉别人你有多痛，那痛如何使你"痛不欲生"，又于事何补呀？每说一次，便好比用尖利的刀子在自己流脓的伤口上剜出新的伤口，一道，又一道，再一道，淋漓的鲜血冒了又冒，冒了再冒，何苦！

失去之后不言、不怨，而是面对、接受。拼尽全力，另起炉灶，若干年后，东山再起，又是好汉一条。倘若周而复始地发牢骚、申诉冤屈，最后，连自我尊严也赔上了，就真的变得一无所有了。

转述一则听来的故事：在英国，有位心理学教授约翰，上第一堂课时给大家说了一个妙趣横生的小故事，全班哄堂大笑，笑得上气不接下气。接着，他正儿八经地谈了另外一些严肃的课题。15 分钟后，他又唾沫横飞地把刚才那个诙谐的小故事从头到尾复述了一遍，这时，只有几个学生应酬式地咧嘴而笑，有几个则礼貌性地微微一笑，大部分学生心里都浮上了一个疑问——难道这位看似风趣的约翰教授，竟然患上了可怕的健忘症？万万没想到，半个小时之后，约翰教授竟然又一字不漏地把那个故事复述了一次。这一回，大家面面相觑，没有人再笑了。就在这凝重而又尴尬的静默里，约翰教授的目光缓缓扫过班上每一位学生，然后好整以暇地说："同学们，你们不能为了同一个笑话一而再再而三地发出快乐的笑声，可是，为什么你们却常常为了同一件事情而悲伤哭泣呢？"

睿智之言，醍醐灌顶啊！

无形的镜子

孀居的阿汶是我的老友，最近退休了。

独子阿坚凭奖学金留学美国，最近携妻回国，与母亲同住。一家团聚，原本可以过上安乐惬意的生活，偏偏婆媳好像油和水，融不到一块儿。

阿汶知书识礼，像株荷花，温文尔雅。媳妇莉莉是室内设计师，时髦亮丽，像樱花，活力旺盛，说话时像放烟花，一筒一筒，噼里啪啦地。

本土的荷和异乡的樱，现在移植到同一屋檐下，互不兼容。

说起来，两人失和，只是源于每天一点点的不顺眼，源于每天你来我往的小口角。积少成多，慢慢地便在生活里形成了一个碍眼的大块垒。

阿坚常常出国公干，寂寞的阿汶希望媳妇能晨昏定省、促膝谈心；莉莉呢，处在创业的拼搏期，回家时已累得"金口难开"，有时连饭菜也嘱咐佣人送去房里吃，阿汶把这当作极端无礼的冷待。莉莉有时想带阿汶去奢华餐馆享受一顿好饭好菜，阿汶却泼冷水说："钱怎能乱花！想当年……"莉莉听了，一言不发，驾驶车子独自外出享受，留阿汶在家生闷气。

莉莉对别人说："我那婆婆，像个封在瓮子里的人，阴郁潮湿，好像要发霉了，我真想搬出来住……"阿汶对别人说："我那媳妇，像阵透明的风，把家当成免费的旅舍……"两个人说这些话时，脸色当然都是不好看的。

一日，翻阅《新宁杂志》，读了一则极为有趣的传说。在清代咸丰年间，台山乡有位家道中落的教师余江，娶了住在山沟的穷家女子李媚媚为妻。余江母亲过去生于富户，如今虽然家道中落，可事事仍讲究礼节。婆媳俩的成长背景和生活习惯迥然不同，又互不相让，时起勃豀，余江成了照镜子的猪八戒。

一日，余江趁李媚媚下田劳作时，和母亲咬耳朵："媚媚既没生养，又整天与你吵闹，不如把她杀了，这家才能安宁。"母亲想到媚媚种种忤逆的言行，也起了歹念，问他怎么进行。余江献计："媚媚的兄长们性子暴烈，我们万万不能让她娘家起疑。现在你们天天大吵大闹，她一旦出事，我们绝对难以撇清关系。所以嘛，必须从长计议。在这一年里，你姑且忍气吞声，和她好好相处。别人见你们关系和谐，一年后，她被杀了，就谁也不会怀疑我们了。"

为了"长远的幸福",从次日起,婆婆便收敛了平时的恶声恶气、黑口黑脸,语气放缓、脸色放柔。媳妇几疑在梦中,后来发现婆婆日日如此,大受感动,便也改变了态度。有一次,婆婆患了肠胃炎,痛得翻滚于床榻,山沟里没有医生,媳妇二话不说,背起婆婆,咬紧牙关,在颠簸的山路上足足走了8里路,把婆婆送进医院。又有一次,婆婆摔倒,骨骼断裂,媳妇喂食、敷药,把她照顾得无微不至。这时,婆婆打心坎里疼爱着这个媳妇。余江瞅在眼里,心里偷着乐。

一年期限到了,有一天,媚媚下田去了,余江取了一把大刀,在母亲面前磨了又磨,磨得闪闪发亮。母亲好奇地问道:"你磨刀干啥呀?"余江说:"您忘了吗?一年期限已到,我们该下手了。"余母信以为真,大放悲声:"切切不可,没有媚媚,也就没有这个家了……"

从此,一家和乐融融,共享天伦。

这则"杀妻劝母"的故事在台山广为流传。

读毕掩卷,我拨通了阿汶的电话,问:"喂,要听故事吗?"

我要讲的故事,主题是"无形的镜子"。

你如果希望在镜子里看到笑脸,就必须先让笑意涌上脸来。

做没有遗憾的儿女

在网上观赏了两个小品，感触良深。

一

一名少年，父亲早死，母亲含辛茹苦地抚育他，每天忙于工作之际，还挖空心思烹煮道道令他开胃的肴馔。

有一天，在烟飞油溅的厨房里，母亲含笑问他："哎，什么时候你也能煮几道菜肴来给我尝尝啊？"少年随口答道："以后吧！"

终于，18岁那年，少年在某天起了个大早，提着菜篮，独自上菜市场。回家后，手忙脚乱地做了一道西红柿炒鸡蛋，又做了一道蒜泥炒芥蓝。

摆好碗筷后，他把热气腾腾的饭菜捧上桌，再恭恭敬敬地请母亲上坐，低首敛容地说："妈，请吃，多吃一点。"

然而，母亲的位子却是空的、冷的。

原来，不久之前，母亲在爬楼梯时不慎跌落，头部重伤，猝然而逝。

少年在母亲下葬后，终于为她实现了那

个卑微的愿望。

回想半年前他轻轻松松地说出"以后吧"这句话时，他没有想到，死亡竟像风暴，说来就来。

二

老母亲奄奄一息地躺在病榻上。

医生要求独子做出一个选择：以呼吸器维持像植物一般的生命，或者拔去呼吸器，让她有尊严地离去。

儿子知道母亲的心意，毅然选择了第二种。

在母亲终止呼吸之前，悲恸的他在母亲耳畔说了他这一生从来没有说过的话："妈妈，我爱你。"然而，此刻，失去知觉的母亲永远也听不到了。

孝道，就和食物一样，是有期限的。

行孝及时，才能完善地彰显孝道。

最近流传于网上的一张照片，为美丽的孝道做了一个完满的诠释：一名日裔男子，背着身着和服的年迈母亲，外出观景。年过八旬的老妈妈，满头华发银光闪闪，皱纹密布的脸庞稳稳地贴在男子厚实的肩背上，大朵笑花从微微咧着的嘴巴绚烂绽放。中年男子呢，脸上的笑意像银色流星，蕴含晶光四射的幸福。

我觉得，这是人世间最美的一张照片。

照片上有两行字："孝顺是不忘父母叮咛的归盼，孝顺是老人寂寞时有儿女的陪伴。"

一点儿也没错。

孝顺，就是永远不让父母倚门盼归；孝顺，就是永远不让父母在顾影自怜中忍受寂寞的煎熬——常和爸爸妈妈说话、常带爸爸妈妈出游，一如爸爸妈妈在你整个成长过程中和你说话、带你出游一样。

孝道，不是山珍海味，不是绫罗绸缎。

有个朋友，忠于职守，表现出色，却多次拒绝擢升的机会。

有一回，聊天时问起，他说："我如果接受擢升而步步高升，在工作上，我可能赢得整个世界，却失去最宝贵的亲情。擢升可以等，尽孝有时限呀！"

他晨昏定省，时时当个彩衣娱亲的老莱子。父母的笑脸，是他生活园圃里的向日葵；父母的笑声，是他生活五线谱上的音符。每年，他总会挑个地方，偕同身强力壮的父母外出旅行。

他说："我要做个没有遗憾的儿子。"

啊，短短一句话，便强而有力地道出了孝道的真谛。

在父母思路清晰的时候，和他们聊天，把生活的种种琐事化为他们双耳内的甜蜜；在父母牙齿健全的时候，为他们洗手做羹汤，让袅袅炊烟变成他们胃囊里的满足；在父母健步如飞的时候，偕他们旅行，使道道亮丽的风景成为他们记忆里永恒的瑰宝。

做没有遗憾的儿女，让父母的一生圆满。

那天傍晚，食欲不振，身子虚弱。可是，为了排遣愁闷，我还是撑着上餐馆去了。

餐毕，离座，趔趄间，眩晕再度来袭，我整个人失去平衡，扑倒于旁边放着碗盘的空桌上，碗盘"哐啷哐啷"地在地上裂成碎片。

我怎么啦？到底怎么啦？

纵使再乐观，此刻依然眼噙泪花。

清清楚楚地记得，今年农历新年过后，从马来西亚坐了五六个小时颠簸的车返回新加坡，这怪病便发作了。

眼球颤动、恶心、呕吐，最可怕的是，一躺下，天和地便发疯般旋转，时长十余秒。此外，仰头、低首、转身都天旋地转。唯静坐无事。

由于呕吐频繁，我告诉年轻的女医生，肠胃不适。服了一堆药，却照呕、照晕。再次看病时，道出眩晕症状，她诊断为耳水失去平衡，又给了一堆药，服后感觉昏昏沉沉的。最糟的是，腹胀无食欲，眩晕如故、恶心依旧，全无好转的迹象。

转请一位资深纪姓良医诊断，他明确指出，耳水不平衡，通常会伴随弱听、耳鸣等症状，我所患的，其实是英文学名简称为 BPPV 的良性阵发性位置性眩晕。换言之，这是耳石移位造成的——原本依附在内耳前庭一些微小的碳酸性颗粒因故脱落及移位，掉到半规管里，导致半规管里的淋巴液无法正常流动，扰乱了正常的平衡功能，因此患者头部一摇晃，眩晕便起。打个比方，这种情况就像玩那种滚珠迷宫游戏，滚珠在迷宫里无序游动，迷失了方向。患者必须设法使那颗在迷宫道中任意漫游的"滚珠"返回原位，方能恢复平衡的感觉。

他说，要使耳石复位，物理治疗最奏效，而这种康复治疗得仰赖自己。他示范：下巴抵胸，身子向右侧躺，一会儿后坐直，再向左侧躺，再坐直。如此多次重复，每次必须做上 15 分钟。

一直把运动看成宿敌的我，为了痊愈，只好乖乖照做。然而，由于眩晕剧烈，往往持续不了 5 分钟便颓然放弃。耕耘不力，收获当然不大。

每天只进清汤寡水，后来上餐馆去，便发生了上述撞碎碗碟的事。

次日，再访纪医生。他开了药，可还是表示要让耳石复位，物理治疗远胜服药。他告诉我一则趣闻：有个病患，曾在国外网上买了个类似孙悟空的"紧箍咒"的东西，戴在头上，靠着强力震动，只用了几次，耳石便归位了。

哎呀，这"紧箍咒"上哪儿去寻呢？我十分惆怅。

然而，万万想不到，纪医生转述的这则趣闻居然使一切都有了戏剧性转变。

当晚，我情绪低落地坐在沙发上时，目光突然无意识地落在那个新买的电动按摩椅上。这椅子有项功能，是专门按摩头部的。看着看着，突然灵光一闪，想起了那个会震动的"紧箍咒"，于是迫不及待地坐上了按摩椅，启动。

按摩椅里的按摩器在头部及双耳两侧反反复复地捶打、敲击、推揉、扭拿、提按、翻滚，震动的力道甚是剧烈。

按摩了半个小时后，小歇，再来半个小时。

次日，不可思议地发现，眩晕现象居然明显地改善了。如此持续做了几天，一天晚上躺到床上，哎哟，不晕不眩，舒舒服服、踏踏实实。我狂喜地喊道："耳石，你终于回家了！"

竟月梦魇，俱成烟云。

回家的感觉真好。

人如此，耳石也是。

位于我家附近的锦茂小贩中心于 2014 年 9 月末暂停营业,以便进行为期 9 个月至 1 年的翻新工程。

真是百般不舍啊!

这个拥有 72 个摊位的小贩中心,美食麇集,许多摊子在电视和报刊的美食排行榜上都占有一席之地。食客络绎不绝,有时甚至人满为患。

它吸引人,是因为食物品种多样,重复者少,而且大部分是一做多年的老摊子。在那一盘盘香气氤氲的食物里,我能够具体而又实在地闻到岁月悠悠的陈香。附在香气里那一份份隽永的记忆,也为生活增添了百味。

我不爱吃油条,父母爱,我常常到那个叫"德利食"的摊子,买刚炸好的油条,送上门去。当金黄脆亮的油条在他们嘴里发出"咔嚓咔嚓"的声响时,我的心便仿佛粘上了糖液,那种甜甜的感觉一直流淌到心窝深处。父母去世后,我有时还会无意识地走向这摊子,直至油条的香味飘至鼻端,才恍然惊觉父母俱已成烟云，一颗心宛如被针扎着，那种疼痛"张牙舞爪"。

长子自小喜欢叉烧和烧肉，锦茂区的人一提起"九江烧腊"总竖起拇指。在繁忙时间，摊子前面排队的人多得让人皱眉头。我怕挤、怕排队，但是为了满足孩子的口腹之欲，总是挤在长长的队伍里。孩子长大之后，常常问我："妈妈，买九江烧腊给您吃吧？"我一点头，他便去排队了；而我清清楚楚地知道，他也怕挤，他也不爱排队，时光流走了那么多年，摊子前排队的人依然很多……

次子最爱鸡饭，他目前在国外工作，每次回家，一定光顾锦茂"东风发"鸡饭摊子，因为他的整个成长岁月就以那黄澄澄的饭粒和滑嫩嫩的白切鸡镶嵌——他常常在打篮球后，呼朋唤友，来此共食鸡饭。每回看到这个摊子，我期待儿子归家的感觉总是特别炽烈。

幺女很喜欢吃那软滑如绸的豆花，那时，在莱佛士初院上课，傍晚放学后，一手拎着沉甸甸的书包，一手提着三盒豆花晃悠悠地回家。一盒给自己，一盒给爸爸，一盒给妈妈，三个人在荧荧灯火下共享豆花的感觉温馨而又暖心。现在，她旅居伦敦，问她最想念的食物是什么，她总说"豆花"。锦茂的豆花，是她乡愁的一部分。

这些年来，我常光顾的是"幸运宝香港面饭"这个摊子。这里有鼓鼓囊囊的饺子，以虾为主料，爽脆鲜美，百吃不厌。有一回，带异国朋友去尝，她深感惊艳，从此便牢牢记住了"锦茂"这个名字。此外，"金华海鲜汤"那鲜甜绝顶的鱼片汤，"如意素食"那味道缤纷的斋米粉，还有其他美食，如肉骨茶、鸭饭、水饺、鲜蛤炒粿条、菜头粿、牛肉鱼片炒河粉、特制炸西刀鱼饼、鲜鱼粥、包点、粽子、客家酿豆腐、芋头糕、鱼丸面、花生丸汤、越南美食、印度餐食等等，好似开屏的孔雀，完美地展现了新加坡小食的魅力。

　　锦茂小贩中心，蕴藏着我们一家子生活里所有的琐碎与甜蜜，也收藏了锦茂区居民集体的美丽记忆。

　　在新加坡，类似这样的小贩中心"镶嵌"于全岛各处，多如过江之鲫。它是寻常百姓赖以解决三餐的地方，终日熙熙攘攘、嘈嘈杂杂，看似再普通不过，但是许多让人魂牵梦萦的祖传秘方却不动声色地匿藏于内。本地人固然"如蚁附膻"，游客也"趋之若鹜"。

　　小贩中心，实际上已成了新加坡旅游业的另类"地标"了！

桃源在心

"天天快乐"只能是一种达于禅境的至高憧憬，烦恼却是有千个理由存在、有万种原因现形的。问题是，人生苦短，在纷纷扰扰的俗世里，我们应该学会尽情"释放快乐"，而不是悲观地"禁锢快乐"

郁金香，原本不在我的期盼之内。

到了日本的横滨市，匆匆赶到公园去，为的是赴一场春天的约会。

约我的，是樱花。

都说每年樱花会在这儿谱成一阕繁丽的乐曲，把春季敲亮。

万万没有想到，我赶上的，竟是满树触目惊心的凋零。

这年春季的樱花，过早绽放，又提早萎谢。

然而，在樱花凋萎的败象里，一份意料之外的绝顶美丽使我的心"咯噔咯噔"如小鹿乱撞——是郁金香。

郁金香蓬蓬勃勃地盛放成满地令人心惊的斑斓，白的、红的、黄的、紫的、朱褐的、粉红的，层层叠叠的艳丽铺天盖地，花团锦簇的春意排山倒海。

一朵朵看似轻巧柔软的花，不顾一切地将自己绽放到极致。阳光明媚，薄薄的花瓣在逆光中看来，是那么的剔透、那么的心无城府，像一盏盏把天地点亮的灯。

我看呆了。

满地绚烂固然令人惊艳，但真正牵动人心的却是郁金香的快乐。

每一朵倒卵形的郁金香，都在尽心尽意地释放快乐。

娉娉婷婷的郁金香，绵延无尽的郁金香，不是互相推挤、彼此排斥的；反之，它们相濡以沫、圆融共处，尽情开放，不为争妍夺丽，只为借助彼此的力量，点染春意。那种生生不息的活力，那种与世无争的淡定，使落在人们眼里的郁金香，有着一种灿烂夺目的高兴。

它们在恬然地释放快乐，而我在欣然地接收快乐。

奇怪而又遗憾的是，站在我旁边的游人却感受不到这一份实实在在、具体的快乐，她们仰着头，看着樱花树空落落的枝丫，喋喋不休地埋怨："明明是樱花盛放的季节嘛，怎么花期竟然这么短促呢？"

仰头，满枝空白；俯首，满地璀璨。

这一仰一俯的小动作，看似简单，却蕴含着人生的大学问啊！

快乐，是有声音、有形状的。

它无处不在，但是许多人却置若罔闻、视而不见。

中国著名作家张贤亮先生曾经说过一句足堪玩味的话："我又不是圣诞老人，哪能天天快乐！"

是是是，"天天快乐"只能是一种达于禅境的至高憧憬，烦恼却是有千个理由存在、有万种原因现形的。问题是，人生苦短，在纷纷扰扰的俗世里，我们应该学会尽情"释放快乐"，而不是悲观地"禁锢快乐"。

快乐是一种菌，能传染。如果自己快乐，便能像郁金香一样，让别人也能感染快乐。

在许多人眼中，"忧愁"是我的绝缘体；然而，这绝不意味着我的人生道路只有鲜花而无荆棘，只是我一直相信：心里有桃源，处处是乐园。

心里的"桃源"，来自人生的顿悟。在很多年以前，我便已深刻地领悟到，"十不哲学"能够帮助我很好地掌握快乐的钥匙。

所谓"十不哲学"：在工作上，不积怨、不记恨、不计较、不嫉妒、不急功近利；在生活上，不妄言、不妄求、不妄为、不妄自尊大、不妄自菲薄。前者让我能够在和谐的人际关系里从容自在地发挥自己的特长，后者则切切实实地让我坦坦荡荡地活得轻松自在。

舞者

月明如水，灯光璀璨。兴许这晚的气温太低了，莫斯科的步行街寂寥清冷。

街道虽然寂寞，可寒冷的空气里却拥挤地浮动着热热闹闹的音符——一位街头卖艺者正旁若无人地拉着手风琴。他个子瘦长，却拉出了无比丰满的音符。音符来来回回地飞旋着，瘦长的身体随着韵律左左右右地晃动着，兀自陶醉。

这时，来了个老汉。他皱纹纵横的脸红通通的，好似被夕阳照得无比绚烂的一片秋叶。他手里提着一个购物袋，法式长棍面包不甘寂寞地从袋子里探出头来。

他在音符里驻足，听。

然后把购物袋子放在地上，自得其乐地跳起了舞。

只见他摇晃着脑袋、舞动着双臂、扭摆着腰臀，像章鱼、像水藻，舞得精彩动人，舞出了早已远逝的青春、暌违已久的活力。

这一刻，他忘了独居一室的凄冷与凄凉，也忘了生活里曾有的失落与失意。

浓重的夜色在他狂舞的身上游走如梦……

椅子

在圣彼得堡参加步行观光团。同团的一对老夫妇来自英国，岁月恶作剧地在他们俩的脸上织了一张密密的大网。这对老者，全然没有英国人惯有的拘谨和内敛，特爱笑。老先生豪迈的笑声让人联想到数十支烟花在天上"噼里啪啦"绽放的气势，非常大气；老太太呢，总是在听他说话时安静地笑，笑起来时，好像有很多尾鱼在网里窜来窜去，不可思议地窜出了一种不属于她年龄的妩媚。

坦白说，吸引我的，倒不是他们俩笑的样子，而是那一张轻巧的小椅子。

那张折叠式的椅子一直被老先生拎着，他拎椅子的手势小心翼翼的，好似提着一袋珠宝。每到一个新的景点，老先生便手脚麻利地打开椅子，妥帖地放好后，还不忘试试它的安稳度，这才温柔地扶他的老伴坐下。当讲解员唾沫横飞地介绍景点时，老先生便用骨节粗大的手轻重有致地为老伴按摩肩背。

接触到我的目光，老先生笑眯眯地说："她放暑假，我特地带她来俄罗斯玩玩。"

"暑假？"我诧异地问道，"她还在教书吗？"

"不是啦！"老先生双眸含笑地应道，"去年，她报读大学，是班上年龄最大的孩子呢！"说完，呵呵地笑。慈眉善目的老太太也笑，轻柔地附和着说："是啊是啊，我今年75岁了呀！"

秋天的太阳像金色的琉璃，有着一种璀璨的艳丽。此刻，静静洒落在他们脸上的阳光异常灿烂……

烤鸡

深夜，浓烈的香味化成翩跹起舞的蝴蝶，以一种招人的姿势，从幽静的小巷里飞了出来。

释放香味的，是莫斯科一家专卖烤鸡的小店。

坐下之后，才发现邻桌肩靠肩地坐了一对老者，满头白发在灯光底下闪着缎子般的亮泽。老翁很胖，老妪也不逊色，身上的肉使他们看起来像饱含汁液的两枚浆果。

桌上放着一整只金黄脆亮的烤鸡，他们俩正在碰杯，澄澈晶亮的葡萄酒妖娆如琥珀。对饮过了，便动手撕扯鸡肉，两人看着美食的眸子，有一种从骨髓里散发出来的款款深情。

　　老翁把鸡腿撕下来之后，手势纯熟地送到老妪嘴旁。老妪惬意地张口而食，与老翁交缠的目光里，满满都是一生相依的缱绻情意……

遛

那一个傍晚，我在老挝的一个小村庄散步。

欲坠未坠的夕阳，浸在灿烂的晚霞里，点点金黄的亮光洒满大地。

这时，迎面走来两个住在村庄里的女孩。她们边走边说笑，像两朵生机勃勃的花。吸引我的，不是她们那种张嘴抿嘴都是笑的快乐，而是她们怀里的鸡——她们俩在遛鸡。

农村生活清贫，养猫养狗纯属奢望，所以，她们把家里用来养家糊口的鸡当成宠物。她们一边走，一边用手轻轻地抚摸着亮丽的鸡毛，眼中满满都是热烈的爱。鸡毛柔柔滑滑的，鸡脸上铺满了爱。此刻，妩媚娇气的夕阳，把人和鸡都照得美艳无比。

眼前这一幕，让我的心起了一阵温柔的悸动。

这是一份多么无奈的爱啊！鸡长大后，妈妈把它们送去祭他人的五脏庙时，小小的女孩该如何承受那一份断肠的诀别啊！

在越南的边境城市沙巴（Sapa），有人遛牛。

注意：不是放牛，而是遛牛。

夏天骄阳似火，这个肤色黧黑的农民，用绳索套着他的牛，牵着慢慢走。皱纹宛若蚯蚓，乱七八糟地匍匐在脸上。土地因久旱而龟裂，有些农民因为歉收而不得不卖掉心爱的牛以换取米粮。这个农民心里难舍，所以在把牛送去农贸市集的前一天遛它，算是最后的道别。

此刻，泼辣的阳光在坑坑洼洼的泥路上"横冲直撞"，我想，他那一颗柔软的心恐怕也在受伤的胸腔里横冲直撞吧！

在云南的元阳，我看到有人遛猪。

冬天的元阳雾气氤氲，稀薄的阳光让人觉得像身处梦境。这名中年汉子牵着一头脑满肠肥的猪在大街上漫步。那头猪罕见地干净，喜气洋洋的样子，东走走、西嗅嗅，像刘姥姥般好奇。中年汉子很有耐心，猪走他走，猪停他也停，遛猪遛得别有一番趣味。但是，与他攀谈而得知真相后，我不禁哑然失笑。元阳每周有一次大市集，他其实是要把猪带到屠宰场去，宰了它，以便次日能有新鲜的猪肉、猪肝、猪肠、猪心出售。哎哟，浪漫的遛猪，蕴藏着的竟是腾腾杀气！遛鸡也罢，遛牛、遛猪也好，通通都比不上遛白菜刺激！

遛白菜？

是的，千真万确。

网上的照片里，有人将无知无觉的大白菜拴上了细细长长的绳子，拖着它在熙熙攘攘的大街上遛。

这个人是中国青年艺术家韩冰，他这怪异的行为艺术立刻引起了大众热切的关注。韩冰表示：现代人生活节奏快、精神压力大，人与人之间的关系淡漠，心中有话无处倾诉，养只宠物还得费心费神地照顾，不若白菜，无思维，可任由摆布。他进一步指出：遛白菜其实是对"中国疯狂的现代化及狂热物质迷恋"的尖锐批评。当大家无法与社会沟通时，白菜就变成了交流的媒介。现在，他已将遛白菜这个行为艺术推广到世界各国，追随者众。当我在视频里看到无数青年男女在各地遛白菜时，心里不由得深深地叹息：活在繁华都市的现代人，心灵却像丛林，阴森、孤寂、隐蔽、茫然，无处可去。

最近，到广州拜访一位朋友。暮色弥漫，却不见她家中老少。问起时，她说："文文去遛奶奶了！"闻言错愕，她笑着解释——文文是她女儿，15岁，和奶奶感情特别好，文文的好友都养了狗，她们去遛狗时，文文便骄傲地告诉她们："我遛奶奶。"

啊，遛奶奶，多温馨啊！

有奶奶可遛，着实是人世间千金不换的大幸福啊！

只是，在这功利主义的社会里，有多少人能明白这一点呢？

虎山

旅居伦敦当律师的女儿今年申请了两个月无薪假期，单枪匹马远赴肯尼亚当义工。

好友惊问："肯尼亚治安那么坏，你不担心吗？"我说："她已成年，我尊重她的决定。何况她做的是善事，更没有横加干涉的必要了。"朋友感叹着说："你这个女儿，真是天不怕地不怕啊！"

在伦敦晤面时，我把朋友的话转告她。

她沉默半晌，突然开口说："妈妈，我其实胆小。然而，我知道，一切惧怕都只是源于不了解。所以呢，凡事越害怕，便越得去接近。接近了，了解了，阴影自然而然便逃遁无踪了。"

她忆述初到伦敦求学的心路历程。

孑然一身离家万里，她却陆续接到来自新加坡的两则死讯：她尊敬的老师遭逢意外遽然而逝，她挚爱的小学同窗罹患癌症撒手尘寰。窗外大雪纷飞，周遭静谧如坟，而她内心灼痛如焚。那种痛，好像一个电钻，残酷无仁地在她年轻的心房里钻了许多个窟窿。

雪上加霜的是，过了不久，伦敦发生了轰动全球的"七七爆炸案"，地铁和公共汽车遭受恐怖分子侵袭，发生自杀式爆炸，数十人死亡。天天乘地铁的女儿，感觉死神就近在咫尺狰狞地觊觎着，日日惊悚。好几个星期，她无法集中精神上课，动辄哭泣，对于死亡，有一种近乎病态的恐惧。

　　就在阴影罩头的当儿，她做了一项出人意表的决定——到医院临终关怀病房当义工。

　　留居于此的，全是罹患绝症而等待大限到来者。义工的任务，就是在最后有限的日子里，尽量满足病患的要求。

　　有一位老妪，要女儿给她远在美国的独子写信，她隐瞒了病重的真相，在信里欢欢喜喜地说："亲爱的维廉，新搬来的那户邻居非常友善，常常送我草莓馅饼，那味道可真棒呢，我一个人可以吃完一整个，可能你又要劝我减肥了……"又写道，"我养了一只猫做伴，它的眸子是琥珀色的，我就唤它琥珀。这琥珀呀，最爱撒娇，我看电视时，它就跳进我怀里，蜷缩着，好像温暖的毛衣……"信笺上那一则则善意的谎言静静地散发着璀璨的亮光。

　　另外有个中年妇女，头发都掉光了，可是常央求我女儿给她买亮丽多彩的丝巾来包裹光秃秃的头，每回揽镜自照时，苍白的脸便有金色流星闪过。她活着一天，便要美足一天。

还有个 5 岁的女孩，被病魔摧残得全身只剩下薄薄的皮和嶙峋的骨头，可是，每当我女儿给她讲故事时，她便如饥似渴地看着书上的文字和图画。

死神就在眼前徘徊，可是，年老的、中年的、年幼的全都无所畏惧。了解眼前的结果是必然无法改变的，她们珍惜当下的分分秒秒，想方设法把自己的精神世界装点得灿然生光。

大学四年，女儿每周都去那儿当义工，在积极伸出援手的当儿，她也学会了坦然面对黑色的恐惧，变得豁达而坚强。

谈到肯尼亚之行，她说："大家都怕，怕它的贫穷、怕它的邋遢、怕它坏透了的治安，所以都裹足不前。我当然也怕，然而贫穷和治安原本就是恶性循环的孪生儿，倘若我们不亲历其境，深入了解，又怎能够知道问题真正的症结呢？又如何能够提供帮助呢？害怕和回避都无济于事啊！"

明知山有虎，偏向虎山行，是女儿帮助自我成长的一种成熟的方式。

抵达伦敦时，旅居英国的女儿安排了印度裔的葛宾纳辛到机场来接我们。

葛宾纳辛在大学主修英语，毕业后当翻译员。后来，改变人生轨道，买了一辆面包车，专门接送客人往返机场，每趟车程不论远近一律收费 40 镑，比普通计程车便宜许多，生意红火。

女儿在电话里说："葛宾纳辛能言善道，你们一定如坐春风。"

果然。

葛宾纳辛出生于伦敦，父亲早年由印度旁遮普移居英国。我随口问他是否会说旁遮普话，他诧异地看了我一眼，好似我问了一个荒诞不经的问题，然后才微笑着应道："告诉你吧，在旁遮普，有一句充满了侮辱性的恶毒诅咒是这样说的——我希望你忘记你的母语；而当我们要祝福他人时，则说我希望你和民歌一样长寿。你想想，身为旁遮普人，我怎么可能不懂自己的母语呢？"

接着，他自豪地指出，在印度旁遮普邦，旁遮普语被列为官方语言。由于旁遮普人这些年来大量移居外地，旁遮普语成了好些国家，如英国、美国、加拿大、肯尼亚等地常见的少数语言。根据非正式的统计，世上使用旁遮普语者至少有一亿人！

旁遮普人不论移居到天涯海角，一定坚持以旁遮普话作为家庭用语。

睿智的葛宾纳辛侃侃而谈："父母虽然不能为儿女决定以后的人生道路，但是，一定要清楚地让他们知道祖先筚路蓝缕的过去，而寻根嘛，是必须借助于母语的，因为母语里蕴藏了包括历史和文化的种种珍贵元素。它就像一条坚韧的钢索，把一代又一代人紧密地串联着，断不了，也绝不能断。"

我问葛宾纳辛，在英国这个大环境里，旁遮普语并无实用价值，应该如何鼓励年轻的一代去学它呢？

葛宾纳辛不假思索地应道："在孩子入学前，教导母语是父母的责任。我的女儿今年4岁，一口旁遮普话说得特别流畅。她牙牙学语时，我妻子和她讲英语，而我只说旁遮普话。我刻意让语言和现实生活挂钩，借此诱发她的学习兴趣。比如说，我买了个洋娃娃给她，她爱不释手，我便趁机利用洋娃娃教她许多相关的词语。到了晚上，我故意把洋娃娃藏起来。第二天，我要她重复曾经学过的词语，她复述正确后，我才把洋娃娃还给她。

依此类推，她的词语库就这样慢慢地扩充了。此外，我也常常用旁遮普话说笑话，当她母亲笑得前俯后仰时，她总是好奇地追问你说的是什么呀。我刻意让她知道，语言是能够时时带来快乐的。"顿了顿，他又动情地继续说，"我个人感觉，母语就好像玫瑰花瓣，是会在嘴里释放甜味的。当我用旁遮普话问候长辈时，那种感受和使用英语完全不一样，因为母语有着其他语言所没有的深度、宽度和长度，它蕴含感情，极耐咀嚼。"

生活在旁遮普语并不通行的英国，葛宾纳辛想方设法为女儿创造有利于学习的环境，他打算等女儿 6 岁时，便将她送到伦敦锡克教庙宇所开办的旁遮普语文班上课。

"如果用饮料来比喻的话，对我来说，英语就好像清茶，而旁遮普语是咖啡。茶的清香固然宜人，咖啡的浓香却是诱人的。如果我们只让孩子饮用单一的饮料，他们的人生味道将是寡淡的。"

对于许多漠视母语的人来说，葛宾纳辛的话着实有醍醐灌顶之效。

狐狸之火

2010 年夏天，我和次子、幺女到冰岛旅行时，发现北极光是冰岛人百说不厌的话题。

北极光那种超乎想象的绝顶美丽，使许多浪漫瑰丽的神话和别具深意的寓言应运而生。其中最让我动心的，是芬兰那则美丽的传说。

在芬兰语里，北极光被称为"Revontulet"，中文意为"狐狸之火"。根据古老的传说，有只赤红色的狐狸在白雪覆顶的高山上以闪电般的速度奔跑着，所过之处，皑皑白雪都被神奇地染成了斑斓的色彩。狐狸意气风发地跑着，蓬松肥大的尾巴大力地扫起了晶莹的雪花，如彩虹般的雪花飞向辽阔的天幕，撞出了满天变幻不定的色彩，璀璨地化成了风情万种的北极光。

这则生动活泼的传说意境优美，让人浮想联翩。

日日面对山川湖泊而一颗心早已被美麻痹了的冰岛人，在谈起北极光时，却依然有着那种初堕情网的兴奋。他们众口一词地表示：每年冬天一来，冰岛便因为凌厉的寒气加上不见天日的黑暗变得杀气腾腾；然而，北极光却扭转乾坤，把阴森冷酷转化为妩媚艳丽。他们兴致勃勃地说："我们啊，年年看，却依然百看不厌！"

在夏天与北极光缘悭一面的我们，离开冰岛时，心存遗憾。

今年冬天，旅居伦敦的女儿刻意重临冰岛。

北极光不是天天出现的，有时守株待兔，守到的仅是失望而已。女儿幸运，在第三夜，北极光便灿烂地现身了。

她动情地向我描述：天空变成了一个大舞台，而动态的北极光呢，是个风姿绰约的女子。她在跳舞，五彩长裙掀动如波涛，她跳出了狐狸的狐媚、青蛇的婀娜，跳出了溪水的温柔、瀑布的壮阔，跳出了月亮的安恬、太阳的刚烈。形状和色彩不停变幻，而且瞬息万变。女儿看得目瞪口呆，她不敢说话，不敢移动，生怕嘴一张、脚一动，这神话境界便化为烟气，转瞬消失。眼前的一切，明明是真的，却又像是假的。大自然这天文奇观，让目眩神迷的女儿热泪盈眶。

在邮件里，她写道："春夏秋冬的天空，虽然也有妩媚艳丽和暗沉阴霾的分别，有恬静清爽和喧闹繁杂的不同，有乌云密布和万里无云的区别，但是，四季的天空都是静态的，景观是可预测的。然而，北极光不同，它神出鬼没、变化多端，它让人臆测、憧憬、回味，而后，再期盼。"

信末有一段令我双眸发亮的文字："妈妈，从冰岛回来后，我忽然有一个很强烈的欲望，我想提笔跨出写作的第一步。天空原本单调无趣，但是，北极光却赐予它瑰丽的新生命。就像我所过的日子，每一天原都是录音式的重复，但是，写作却能给我带来像北极光那样的巨大冲击……"

我翘首窗外，万里无云的天，蓝蓝的，像一块刚被漂洗过的布，是无法引人遐思的那种干净。想到女儿即将在她生命的天空里，热热烈烈地燃放"狐狸之火"，笑意遂像金色的流星一样白我脸上掠过。

女儿是律师，在她漫长的一生里，写作也许只是生活的一小部分，然而，我敢肯定，只要提起笔杆，她便会有一个截然不同的人生，一个丰盈、充实、美丽的人生。

吃素的猫

女儿想要为她伦敦的寓所做一下装修——把大厅的壁橱全都拆掉移走，再将墙壁刷上和天空一样柔和的颜色。

在朋友丽莎举办的舞会上，她认识了一名从事装修生意的巴基斯坦人希达穆尔。

希达穆尔巧舌如簧，说话时声音铺天盖地，那一句句裹着蜜糖的话语，仿佛全都发自肺腑："没问题，小事一桩，我会派人到府上去，送上色漆样本，你随意挑选。单单蓝色啊，便有深蓝、浅蓝、蔚蓝、粉蓝、水蓝等，你要啥有啥。我的工作班子，高素质、负责任，包你满意！"顿了顿，又幽默地说，"我有个工人，绰号'闪电'，在电光石火间，工作便已美美地完成，绝不拖泥带水。我就派他负责为你装修，如何？"

女儿开门见山地询问收费事宜，他不假思索地说："800英镑（1英镑约等于8.7元人民币），不二价哦！不过呢，我只收现款。"

800英镑！

女儿闻言，瞬间变成了一粒快乐的爆米

花。这希达穆尔，真是天上掉下来一块如假包换的馅饼啊！在这之前，她曾问过好些装修商，最便宜的一家也要价 2000 英镑哪！她担心希达穆尔没听清楚工作要求，于是把话重复了一遍。希达穆尔频频点头，说："没问题呀，把壁橱拆掉移走，再粉刷墙壁，简单！"双方议定周一开工。

周一清晨，不迟不早，刚刚 9 点整，"闪电"和另一名助手便依约前来了。"闪电"脖子长、身子长，助手呢，手长脚也长，两个人走在一起，像两根会弹跳的竹竿，真是"天作之合"呀！

他们俩动作敏捷，没费多少劲，便妥妥帖帖地把壁橱一一拆下。这时，"闪电"搓搓手，说："我已经安排了车子，下午便把壁橱搬走。现在，我们得去买漆。"哎呀，这人做事真的快如闪电呀！女儿心花怒放。"闪电"又说："老板问你可否先把款项付清？"女儿打电话给希达穆尔，他说："我下午会让工人把收条捎给你。"女儿于是爽快地付清了款。"闪电"和助手把钱收好，高高兴兴地吹着口哨走了。

万万没想到，这一走，便成了"黄鹤一去不复返"。

当天下午他们没有回来，以后也不曾。

拆下的壁橱堆满了大厅，让人寸步难移。

女儿多次打电话给希达穆尔，他也不逃避，每回都满口应承："啊，明天下午一定来！"可是，答应了一次又一次，却连影子也不见。骂他吼他，他一贯笑嘻嘻地说："明天下午一定来！"女儿束手无策，只好找丽莎探问究竟，丽莎却迷茫地说："那天请的人多，我根本不清楚他是由谁带来的！"

在长途电话里，女儿气愤难抑地细说原委，我听着，不由得想起了日本作家村上春树所写的一则寓言《幸运》，凭记忆复述给女儿听。

大意是一只老鼠和一只大猫狭路相逢，老鼠没命地奔逃，追在后面的大猫喊着说："别担心呀，我是吃素的，绝对不会吃你的！你碰到我，真是太幸运了！"老鼠一听，喜形于色，解除了警戒之心，停住了脚步，说："啊，我真是太幸运了呀！"就在这一刻，大猫猛然扑了过去，以异常锐利的爪子抓住了它，老鼠痛苦地挣扎着说："你为什么要撒谎，说你是吃素的？"大猫狞笑狡辩："我没有骗你呀，我确实是吃素的，不过，我需要把你叼回去，向其他吃荤的老鼠换取素食啊！"

明明知道 800 英镑是近乎童话的收费，女儿却一厢情愿地以为自己幸运地碰上了一只"吃素的猫"！

戏外之戏

童年时观赏过的那一场花样百出的马戏，化成了记忆里的一卷录像带，在脑子里播放了千百遍，还是不厌不倦。

这个鲜明的记忆，慢慢地变成了心里一个渴切的呼唤。

来到拉脱维亚的首都里加，知道那儿有个永久设立于波罗的海国家的马戏团，每周演出两次，我喜不自抑，赶紧跑去买了票，乐不可支地坐在第一排的位子上，等着看老虎跳火圈、大熊走钢丝、猴子扮小丑、大象随乐起舞、狮子在铁笼里和美人周旋……

然而，兴奋的等待居然变成了竹篮打水一场空。

里加马戏团的表演已变质、变味，重量级的"主角"，如狮、虎、熊、象等，全都不见踪影，出场的只有马和狗。

6匹马儿绕场跑了几圈之后，听从驯兽师的指示，后腿着地，身子直立，前腿作揖，进进退退、退退进进，同样的动作重复了几次之后，便退隐幕后了。

几只狗儿呢，轻轻松松地打了一场篮球

赛，便谢幕而去。

接下来是人叠人、空中飞人等司空见惯的杂技表演，不出传统的范畴，玩不出新鲜的花样。

真是索然无味啊！

事后我才知道，由于动物保护组织的大力反对，马戏团早已取消多种项目的演出。反对者所持的理由是：残酷的训练严重违反了动物的天性。

想想也是，要剽悍的狮子俯首称臣、凶猛的老虎言听计从、张牙舞爪的大熊服服帖帖，驯兽师到底得挥出多少让动物心惊胆战的毒辣鞭子啊！

台上10分钟，台下10年痛啊！

这样一想，便又觉得如今马戏团表演项目的单调、单薄，其实是人道主义精神的彰显、社会文明的具体表现啊！

返回新加坡后，有幸在网上看了一场精彩绝伦的"戏外之戏"。

一匹全然没有受过训练的斑马，为了捍卫自己的尊严、保护自己的性命，倾尽全力，做了一场以性命为抵押的、极端漂亮的"演出"！

这则以图片为主的真实报道，篇名是《勇气》。故事发生于非洲的大丛林，在一条潺潺流动着的小河畔，一群斑马快活地在河边喝水，就在这时，一头凶猛的大狮子偷偷地靠近了，警觉性极高的斑马意识到危险，立刻四散奔逃。然而，令人诧异的是，其中一匹斑马却凛然站在原地，准备应战。猛狮怒吼着飞扑过来，狠狠地咬住斑马的咽喉。在"封喉"策略得逞之后，猛狮接着死命地把斑马压进河里。临危不乱的斑马拼尽全力反弹起来，狮子失去重心，蓦然松口。逃出狮口的斑马非但不窜逃，反而借机反攻，只见它拼命地把狮子压进水里，在狮子咕嘟咕嘟地被河水灌得晕头转向之际，它趁胜撕咬狮子，把狮子的毛一把一把地撕扯下来，接着发狂似的咬住狮子的肚子，还连连飞腿踹它，一鼓作气地踢了十几下之后，再敏捷地飞跃上岸，潇洒地奔向远方。被斑马挫败的狮子，毛发掉了一大堆，全身沾满泥巴，灰头土脸地爬上岸，望着斑马远去的方向，疲累再加上震惊，竟无法奋起直追。不过，它越想越不甘心，对着空秃秃的树枝，又扯又咬，借以发泄心中的怒气、怨气、窝囊气。

我看得目瞪口呆。

真实的人生，竟比刻意安排的马戏精彩了千倍万倍！

强敌当前，不害怕、不退缩，直直迎上前，狠狠给予痛击。

只要有信心，谁都可能是那只挫败猛狮的斑马。

多彩的建筑

色彩像决堤的水，慢慢地包围着我，红蓝青黄紫绿橙。

站在地拉那市，我的心，长出了翅膀，在一幢幢色彩斑斓的建筑间飞来绕去。

这些建筑，用色之大胆，令人咋舌；然而，它们并不是胡乱拼凑出来的五颜六色，反之，它们是有品位地配搭而成的缤纷多彩。

有时，整幢建筑如雪般白，偏偏突出的阳台艳红如血，宛如性感的大嘴巴；有时，整幢建筑是米色的，偏偏夹在中间那一列屋子由上而下刷成绿色，远远望去，好像有棵枝繁叶茂的树生长于瘦瘦高高的建筑物里，有童话般的意境；有时，整座建筑都是奶油色的，偏偏居中的三间住宅刷成深紫色，好像巨型蛋糕里镶嵌了三颗蓝莓。

阿尔巴尼亚这个地处南欧的国家，现在仍然努力尝试从贫穷的夹缝里探头出来。经济不发达，生活相应地单调；然而，首都地拉那的建筑，却出人意表地有着叫人吃惊的欢欣色彩，简直就是个"钢筋水泥的大花坛"嘛！

这是地拉那市长埃迪·拉马（Edi Rama）的得意"杰作"。

现年47岁的埃迪·拉玛是个画家，曾生活于花都巴黎，有着极为敏锐的艺术触觉和浪漫的审美品位。他于2000年上任为市长后，第一要务便是为原本灰暗破旧的居民楼披上亮丽的"彩衣"。于是，在之前被禁锢了许久的缤纷色彩便如鸟投林，活泼地飞上了一道道灰兮兮的墙壁，停驻在那儿，顾盼生姿。

起初，许多人都认为"不务正业"的埃迪·拉玛疯了，放着堆积如山的正事与政事不做，却恣意以墙壁为画板，重温画家旧梦。然而，事实证明，这个大胆的决定使全市面貌焕然一新，为地拉那这个陈旧颓败的老城注入了全新的气象。

有人因此把这称为"颜色的革命"。

然而，埃迪·拉玛不只是满足于改换颜色，他大刀阔斧地拆除违章建筑，发展建屋计划；疏通河道、清理垃圾；绿化城市，美化市容。

埃迪·拉玛自诩这是"艺术美感的延伸"。

他优化城市生活的大努力，终于使他从全球400余位市长当中脱颖而出，当选为"2004年世界最佳市长"。

在地拉那住了几天后，我到濒海城市发罗拉（Vlore）去。

起伏远山为云絮缭绕，尽显温柔；波光粼粼的海面闪现古玉的碧绿，安静妩媚；高高的天幕啊，是全无瑕疵的那种蔚蓝色，像是漂染而成的。

我在海畔散步，心像醉酒了一样；然而，走着走着，"酒坛"突然掉入了一只"苍蝇"：我看到海边许多嶙峋巨石居然被涂上了黄、红、蓝、绿多种色彩，像小丑们在一个肃穆的场合里不识大体地说着不讨喜的笑话，周遭景色破坏殆尽。

多彩的建筑是西施，多彩的巨石却是东施。

我敢肯定，为天然巨石披上不三不四的"彩衣"，绝对不是当政者的决定和政策；也许，在上行下效的过程当中，急于立功的下属误读上司的心意而以此献宝，结果呢，画虎不成反类犬。

这种令人遗憾的现象，放眼世界，无处不有。

阳光一族

有一种独特的旅游风气已在中国慢慢掀起了，这股风气目前正渐渐地在年轻族群里蔓延开来。

在云南建水的豆腐店，坐在矮凳上烤豆腐吃时，旁边坐着两位20来岁的年轻女子，大家同是天涯旅人，自然而然便攀谈起来了。

剪短发的程程像向日葵，有着一张四季如春的脸，说话时眉飞色舞，不说话时兴高采烈。蓄长发的素素呢，像莲花，安静，但是该说、想说、要说的话，全都跑到她那一双洞悉世情的大眼睛里了，所以，就算不说话，她脸上还是热热闹闹的。

程程来自深圳，素素来自上海。她们俩原本都是"独行侠"，在重庆青年旅舍认识，觉得投缘，便携手同游。

问她们是不是请假出来游玩的，万万没有想到她们竟异口同声地应道："不是请假啦，是辞职！"

为了旅行而辞职？我惊讶地瞪着她们。

"是啊，我好多朋友都这样做，没啥奇

花瓣的甜味
尤今的蝴蝶人生

怪嘛！"程程笑着应道。她大学毕业后，工作了3年，有了一定的积蓄，便自费外出旅行了。她说："我看我表姐，才20多岁，青春正茂啊，却活得像个小老人，整天在尿布、奶粉和开门七件事上兜兜转转，外面的世界在翻天覆地地改变，她却一无所知。"说着，用手在桌子上比了一个爬行的手势，一面比，一面扬起一串细碎的笑声，"生命短暂呀，我不要做一只闭塞的蜗牛，我要做鸟，飞得高高的，看得远远的！"

程程已经在外旅行半年了，现在准备收拾心情返回家门了。"我要找份工作，拼个两三年，再出来旅行。老实说吧，如果连自己的国家长成什么样都不知道，便头发苍苍、背驼驼地老去了，我真是不甘心哪！"顿了顿，她又语调严肃地补充道，"话说回来，我旅行的先决条件是，爸爸妈妈必须有自理生活的能力。一旦他们年迈力衰，或者健康'亮红灯'，我肯定会留在家里照顾他们的！"

程程说话叽里呱啦的，像一览无遗的瀑布；素素呢，细声细气，有条不紊，好似一道风来也不起涟漪的小溪。素素也是工作了好几年后，靠着积攒的工资外出旅行的。她慢条斯理地说："旅行是自我成长最好的方式，读万卷书，不如行千里路啊。然而，看世界，除了肉眼和心眼之外，还需要体力和脚力，所以呢，我得充分利用年轻的岁月！"

素素在外"浪迹"了9个月，之前一直都是"独行侠"，3个月前认识了程程，才有了旅伴。程程返回深圳后，她又得单身上路了。她耸耸肩，说："旅伴对我来说不是至为重要的，缘来则聚，缘尽则散嘛！两人同游固然乐趣无穷，单人独游却也悠游自在。"

她们出门旅行，志在了解世界，玩只不过是旅游的副产品而已。

让我至感惊讶的是，最近，在元阳、普洱、景洪、昆明等地旅游时，我居然都碰到了单枪匹马的年轻旅者，正如程程和素素一样，她们全都是辞职出来看世界的。她们成熟、睿智、坚强、独立、勇敢、机敏、有趣，充满了蓬勃的朝气与活力。

中国备受娇宠溺爱的年轻一代，有许多都是"伸手族"（成天伸手向长辈讨钱）与"月光族"（每个月把钱花光光），然而，"用双足阅读大地"这一新鲜族群的涌现，却令人对新的一代刮目相看，他们当可被视为"阳光一族"。

在安徽时，雇了一辆计程车去看美丽的古村西堤。

碰上了一位极为健谈的司机，一小时的车程，滔滔不绝，谈的全是他的育子秘籍。

这位身材壮硕的中年汉子，一开口，便以极自豪的口气说："上个星期，我把儿子送到桂林去上大学。他是我们村子里的秀才呢，考了全校第一名。"

我惊叹："哇，你是怎么把孩子栽培得如此优秀的？"

他口若悬河地说："养育孩子，说难嘛，很难；说易嘛，也很易。身为父母，一定要认清楚，'养育'这两个字是分开来看的。养，是给他温饱；育，是抓紧生活里的每一个良机，教育他。"

他指出，长久以来，他刻意与孩子建立一种"亦父亦友"的关系："我常常敞开心怀和他海阔天空地聊天，这是很重要的，因为他对我全无戒心，有碗说碗、有碟说碟，万一我发现碗和碟出现了裂痕，才能及时补救呀！有些父母和孩子的关系就像螃蟹和螃蟹，中间隔了一层厚厚的壳，双方都进不了对方的世界！"

哟，碗和碟、螃蟹和螃蟹，真是让人忍俊不禁的妙喻呀！这司机，是个有趣的聊天对象。

"有一回，他考试考得不好，回家后，对着发回来的试卷默默流泪。我对他说，儿子呀，这回你考得不好，只不过是稍稍大意了，不碍事的。有些父母，迷信体罚会奏奇效，其实适得其反。孩子做错了事，你打他、骂他，以后，他为了逃避责罚，什么都不敢告诉你。更糟的是，他会撒谎，撒谎之后，又学会圆谎，一串串的谎话，形成了恶性循环。一个在家不诚实的孩子，进了社会，就会变成一个没有诚信的人。我们哪能为社会制造骗子啊！"

接着，他话锋一转，谈起了孩子14岁上中学时所发生的一桩事情。

"那一天，我正在家里炒菜，儿子用手机打电话给我，焦灼地说，爸爸，您快来，我有麻烦！他的学校离我家只有一两分钟的路程。我立刻熄了炉火，十万火急地赶去。来到校门口，居然看见一位中年汉子揪着他的衣领，想挥拳打他。我冲了过去，大声对他说，喂喂喂，你敢打我儿子一下，我便把你一只手砍掉！他转头一看我一米九的高个子，立马松手。哼哼，论打架，他哪是我的对手!"

事后,他从儿子口中探知事情原委:儿子课余坐在座位上看书,这时,有人故意从窗口处喊他,他站了起来,但是那个人影一晃便不见了,儿子不疑有他,重新坐下,不意椅子竟被人恶作剧地拉走了,他跌了个四脚朝天。他吃惊而又吃痛地站起来时,看到绰号"黑老大"的同学站在他后面,咧着嘴笑。他气不过,朝"黑老大"胸口挥去一拳,对方理所当然地还手,两人扭打成一团。后来,被其他劝架的同学拉开了。本来以为事情就此了结,没有想到"黑老大"居然通知他父亲,他父亲等在校门口,便发生了上述那一幕。

"孩子之间发生事情,理应由孩子自己去解决,家长插手打人,不是流氓行径吗?"他蹙着眉头,说,"我对儿子说,先动手者错,你应该道歉。对方虽然没受伤,可我还是领着他到医院做了全身检查。过后,还买了礼篮,带儿子上门道歉。成人嘛,就必须以成熟的方式来处理事情。我们常说,言教不如身教,每一件事情的处理,对于孩子来说,都是一种活的教育啊!从那一回起,我的儿子便不再打人了。"

有这种明理而又明智的父亲,儿子成为出类拔萃的优秀生,纯粹是"种瓜得瓜"的必然结果。

西安一家炸鸡店外立着一个告示牌，上面清楚地写着："严选放心鸡肉，科学养殖，不加激素。"

放心鸡肉？

嘿嘿嘿，安全，不就是我们对食物最基本的要求吗？究竟从什么时候开始，卖炸鸡的不再着重于宣扬鸡肉的香腴嫩滑，改而强调肉质的安全？

次日，行经一家卖油条的小店，店外同样有个告示牌，上面写了四个字："放心油条。"

唉唉唉，又是重点强调"放心"二字。事缘坊间有些摊贩，为求油条更为香脆酥松，心怀叵测地把洗衣粉掺入发酵好的面团里，再使用常年不换的地沟油反复油炸。过多地食用这种含毒的油条，会对脑细胞产生毒害，引发痴呆症。

在这"无物不毒"的社会里，"放心油条"中的"放心"二字，涵盖面很广，举凡烹炸油条所需要用到的面粉、矾、碱和油，都必须合乎标准。这个看似简单的要求，在

"危机四伏"的今日，竟然成了一种难以达到的高标准！

最近，微服网站刊出了一则惊心动魄的专题报道《中国有毒食品大全》，以图文并茂的方式，列出50余种流传于市面上的食品。这些食品，被不法商人掺入了有毒物质，包括米、奶粉、凉皮、方便面、油、盐、白糖、猪肉、火腿、韭菜、香肠、鸡爪、鸡翅、茶叶、酒、醋、酱油、辣椒酱、卤菜、蜜饯、爆米花、瓜子、豆芽、榨菜、木耳、腐竹、薯片、薯条、肉松等。

丧尽天良的奸商，简直就是无孔不入、无毒不侵啊！最可怕的是，这些毒素会不着痕迹地渗透到食者的五脏六腑、神经系统里，一旦病征浮现，已药石罔效了。

看着上述洋洋大观的名单，我毛骨悚然而又心生悲凉。

如今到底还有什么食品是我们可以"放心"食用的？

文末，作者苦口婆心地教育民众："列出的食品，不是全部都有毒，只是在市场上客观存在。我们需要睁大双眼，辨别和远离这些有毒食品……"

辨别和远离是治标不治本的方法啊！再说，很多时候，我们根本就避无可避啊！

2013年6月初，我在文化古都西安旅游时，新闻报道说这儿两家面食加工店被查封，原因是老板把工业用的甲醛兑进水里，再用这"毒液"去揉面、和面，借以延长面食的保质期。其中一名被扣押者透露：他每天添加了"毒液"而和出的面，大约有 400 斤，全都卖给附近的饭店和面摊了。最可怕的是，这些加入了"甲醛溶液"的面，味道和普通面食没差别！

"甲醛"是毒性极高的化学物质，它暗暗地潜伏于人体内，会造成免疫功能异常，也会损伤肝和神经中枢系统、诱发鼻咽癌，甚至会导致胎儿畸形，危及下一代。

本来嘛，小市民每天清晨坐在面摊上，呼噜呼噜地吃一碗热气腾腾的面，肚饱身暖，工作起来也特别有劲；然而，现在他们才骇然发现：每吃一碗面，便等于亲手把自己推向、推近、推下恐怖的死亡深谷！

陷阱无处不在，有毒食品又善于伪装，纵是孙悟空再世，恐怕也难辨真伪，更遑论要远离或杜绝它们了。

就眼前来看，我们急需的，是一个令人"放心"的监督制度；就长远来看，我们需要的，却是让人永永远远地"放心"的道德教育。

只有双管齐下，我们才能高枕无忧地吃上"放心"食品啊！

在南京只准备逗留两天，但要看的景点实在太多了，为求便利，参加了当地旅行社的"南京一日游"，在短短的一天内，游览了莫愁湖、瞻园、夫子庙、白鹭洲景区、阿育王塔等必看的名胜。

和所有的旅行团一样，导游最后把我们整个团 18 人带入了一家珠宝店。

珠宝店有位张姓职员，把我们全都带到一间小室，侃侃介绍该店的创业历史，正说得唾沫横飞时，突然有人推门进来，对她说："嗨，小张，待会儿我们老总来视察，指定要看你的工作表现……"小张转头应道："知道啦！"果然，过了约莫 5 分钟，进来了一个肥头胖耳的中年汉子，一进门便问："我的职员表现得好不好？"大家应景道："好，很好！"说毕又鼓掌，老板很满意，说："小张，你出去吧，我有话要对大家说。"

他一坐下来，话语便如长江大河般源源不绝："我这店里卖的珠宝首饰，定价都很高。你们知道为什么把价格定得那么高吗？

因为你们是随团来的，我每卖出一件首饰，便得付30％的回扣给导游，而这对你们来说是不公平的。"他顿了顿，又说，"再过3天，就是我爷爷的80大寿了，这3天，我要为他积福积德，不做生意。爷爷常常对我说，做人一定要饮水思源，点滴之恩，当涌泉以报。你们今天来光顾我的店，就是有恩于我，所以，我不赚你们的钱。"

这一番有悖逻辑的话，让我对他葫芦里卖的药起了疑心，也生出了警觉。

紧接着，他又说："我今天来，是想和你们交个朋友，没别的意思。现在，让我带你们去开开眼界吧！"

他把我们全部领到另一个小房间去"开开眼界"。柜台里摆满了玉石和宝石，我随意看了看标签上的价格，哟，玉石动辄上万，有的高达二三十万；宝石呢，最便宜的也上千元。他嘱咐柜台的职员小黄取出一条标价1668元的红宝石链坠，说："这是从缅甸进口的，让我教你们如何分辨真品和赝品吧！"

说着，从杯中取水洒在红宝石上面，有一颗晶莹的水珠落在上面，没有滑落。他把链坠倒过来，那一颗圆圆的水珠依然紧紧附在红宝石上面。

他得意扬扬地说："看到了吧？如果是赝品，水珠一定站不住脚。"

大家低头欣赏柜台里那些价值不菲的玉石，他又开腔了，这一回，是对着他的员工说的："小黄，我爷爷的生日快到了，我要为他积福积德，今天不做生意。不过，如果这些朋友看中了什么东西，你千万不要按照正常的程序来办事，只要把发票直接送到我房间来，我会给予特大优惠的。"小黄毕恭毕敬地应道："是，老总。"

　　老总对着我们，举起了手中的链坠，朗声说："你们看，这颗红宝石，明码标价 1668 元，现在，我只卖 100 元。"

　　我心想：这不是天方夜谭吗?

　　一对来自宁波的夫妻一听这话，率先推门离开，其他人像流水一样相继离去。

　　上了大巴后，宁波人嗤之以鼻："真是黔驴技穷啊，老是上演这些老掉牙的剧目。"

　　原来他们去年到苏州旅行，也看过类似的"桥段"，只不过那个老总"不做生意"的原因是儿子满月而非爷爷的生日。当时，有些人上了当，买了好些售价百元的红宝石，回家后才发现是一文不值的染色玻璃!

　　心无贪念，骗子便无计可施。然而，这些害群之马，对国家的旅游业来说却是一种戕害啊!

过去，我们总认为寿登耄耋的老者入住养老院，是因为"无人照顾"或是"儿女弃养"；然而，近来，在中国，许多老人居然是自愿入住养老院的。

在吉林参观了美轮美奂的哥特式建筑耶稣圣心堂后，也顺便到教堂旁边那所天慈安敬老院看看。

据院长史瑞宾向我透露，该院有老妪60余名，老叟20余名，年龄介于70至98岁。除了极少数孤独无依者外，大部分都是自愿入住的，原因是养老院设备好，生活起居和三餐饮食都有人打点，身罹疾病者也有医生、护士妥为照顾。更为重要的是，友伴多，不愁寂寞，打打麻将玩玩牌，嗑嗑瓜子聊聊天，日子流逝如风。

32个房间，有双人房，也有单人房，窗明几净。养老院还定期举办房间装饰比赛呢，有些老人就匠心独具地以壁画和假花把房间装饰得五彩缤纷。

有位何姓老太太，热诚地邀我进她房间小叙。

她已经 80 岁了，可是脸颊丰腴、沧桑无痕、皱纹不显，爱笑，笑着时，露出了一整排真假不辨的洁白牙齿。老伴早逝的她，过去是护士，两个儿子和两个女儿都学有专长。她退休后，一直帮忙照顾孙儿、孙女，享受含饴弄孙的乐趣。孙辈长大后，有的到外地读书，有的出国留学，她住在长子家里，儿子、媳妇白天工作，晚上常有应酬，她虽然衣食无忧，可是日子没有了盼头，只剩下等待，等待日出日落、月升月降。那种日复一日漫无目的的等待，化成了巨大的寂寞。偌大的屋子里，唯有寂静，许多时候，她盼望刮风下雨，因为刮风下雨也是一种声音啊！后来，她觉得这样的日子再也过不下去了，决定入住养老院。孩子全都激烈反对，然而她再三坚持，最后终于如愿以偿。

　　迄今，她在此已住上长长的 9 年了，每天快乐地打牌、聊天，偶尔也外出逛街，日子过得有滋有味，根本不知老之已至。

　　她笑眯眯地说："搬来这里后，孩子怕我寂寞，常来探访，我和家人见面聊天的机会反倒比以前更多了……"

　　聊天时，一位打扮时髦的中年女子迈进房来，亲热地喊了一声"妈"。她提着一个袋子，食物诱人的香气争先恐后地溢了出来，她说："给您带了您最爱的咸鱼炖豆腐呢！"何老太太露出了笑容，流露出巨大的幸福感。

从她房里出来，隔壁的吴老太太也邀我入房小坐。70余岁的她，身子瘦削，精神矍铄。以前是教师，有儿也有孙。

她说："孙子大了，我也无牵无挂了，想过点属于自己的清闲日子。儿子、媳妇都很好，可是，长期以来，他们习惯了被我周全妥帖地照顾着，忘了我已老迈，做起家务来十分吃力。住在这里，不必炊煮，也不必洗涮，清闲、舒服，好，真好呀！"

谈到这儿，午餐时间到了，放满食物的推车由员工推来，史瑞宾院长为老人舀饭舀菜，频频问道："够吗？够了吗？再多添一点，好吗？"

老人们捧着热气腾腾香气氤氲的饭菜，每一条皱纹都在笑。

看着她们的笑脸，我心里却很煞风景地浮起了一个疑问：她们入住养老院，虽然说是自愿的，但是，这份自愿是不是也蕴藏了几分难以告人的无奈呢？在家时，儿女对她们真的尽心了吗？她们身体的疲累，儿女觉察到了吗？还有，回旋于她们内心深处那寂寞的声音，儿女是否曾经尝试去聆听呢？

冬天，提着一大袋沉甸甸的书，和老友芸莲从台北诚品书店出来，看看表，还有两个小时便得赶往机场了。

很想再尝尝台湾各种各样的小食，于是上了计程车，对司机说："到士林夜市。"和气的胖大叔一听，立刻说："士林夜市的小食摊子白天大多没有营业耶，不如我载你们到另一个比较远的地方……"我赶紧应道："不行不行，我们得赶往机场，时间很紧啊！"他沉吟了一下，又说："既然赶时间，不如就在附近吃吧！我知道有个地方，食物超级棒！"我们欣然应道："好呀好呀！"

他转了两三个弯，在一条窄窄的巷子前面停了下来，车费才 38 元新台币（1 元新台币约等于 0.2 元人民币）。如果去士林夜市的话，约需 200 元新台币。这位胖大叔为了给予乘客方便，宁可少赚一些钱，这体现了台湾人的良好素质。

巷子里孤零零地立着一个看上去不甚干净的小摊子。我不由得问道："是这一摊吗？"胖大叔点头应道："就这一摊，你们放心吧，真的很好吃耶，我不会骗你们的啦！"

我们半信半疑地下了车，看了看路名，是忠孝东路四段。

小摊子的木凳上坐着好些食客。巷子很狭窄，从大街转进来的车子几乎都是擦身而过的，冷飕飕的风阴阴地粘在背脊上。

我迟疑地说："这摊子看起来不太卫生呢，吃了这里的东西恐怕会拉肚子吧！"芸莲同仇敌忾，嘟嘟囔囔地骂胖大叔"好心偏把事搞砸"。看来这趟台北之旅的"最后一餐"，就这样被他硬生生地"糟蹋"了。

无论如何也说服不了自己坐在这个简陋的摊子上用餐，我们相偕走进了横街一家专卖牛肉面、开着空调的店子里。店里很干净，里面有两三桌人。我们点了两碗红烧牛肉面，热气腾腾的面端上来时，我们兴冲冲地举箸而食，可是，才吃了一口便面面相觑——面条坚挺、牛肉干硬、汤水淡而无味，实在太难吃了！

我们仓皇出逃。

巷子对面有家卖麻油鸡的，我们冲了过去，但是闻到那强劲的香料味儿，又看到浮在锅里那层厚厚的辣椒油，立马便打退堂鼓了。

两个患了"饮食忧郁症"的人，怏怏地浏览四周，这才惊讶地注意到，刚才被我们唾弃的那个小摊子，居然热热闹闹地围了一圈人等着吃东西。

我们回心转意，加入了等待的行列。

终于等到了两个位子，点了贡丸、豆腐、卤味拼盘（包括卤猪肠、猪耳、猪头肉、猪皮）、油拌面。

先吃酱卤豆腐，哎哟，那么稀松平常的东西，却令我们脑海中浮现了一个大大的惊叹号，温温软软的豆腐细致嫩滑，豆香满溢；卤味拼盘呢，像极了味蕾的调色盘，千百种滋味在舌面上缓缓绽放如花，余味缭绕，悠悠不绝；还有那油拌面啊，香气扑鼻，味道只能用"缠绵"两个字来形容；贡丸呢，寓弹性于柔滑，藏软嫩于爽脆。无一不佳，我们吃得满心欢喜。食毕，芸莲想起家里众多可爱的妹妹们，还特地买了满满一大袋贡丸，千里迢迢地携回家去。

小巷里的这个摊子没有名字，食客就把它唤为"路边小馆"。

一位常来的食客告诉我，摊子所售小食那种独一无二的好味道，是敲锣打鼓也寻不着的，所以30年来，他风雨不改，天天光顾。我惊叹："哇，30年！"他笑道："是啊是啊，偶尔有事来不了，总怅然若失。"

小巷里的这一抹色彩着实亮丽！

提着那一大包贡丸离去时，我和芸莲不约而同地说：

"哎呀，刚才那个胖司机可真不赖啊！"

说这话时，我们心里既有谢意，也有歉意……

爱的呼唤

睿智的父母，应该善于把握良机，通过现实生活的具体事例，不断地给予孩子活的教育，让他们拿捏分寸，有绵羊的心而不弱，有山羊的角而不恶，最关键的是时时不忘身教。

年轻的朋友阿斐是一名出色的律师,她在工作上的拼搏劲儿无人能及。看她现在争分夺秒全力以赴的勤奋作风、今日出类拔萃备受赞赏的表现,没有人知道,她曾经是一个让老师心灰、使父母心痛的孩子,一个迷失的孩子。

父母在小贩中心经营一个小摊位,早出晚归,身为独生女的她是父母心中一抹璀璨的亮光。

家里并不宽裕,可是她要啥有啥,穿得好、吃得好,过得好。

阿斐有着一双明亮的眸子,遗憾的是,她患上了"有眼无珠"的"失明症"——她看不到父亲的手被菜刀左割右切而留下的深浅疤痕,也看不到母亲的手被洗碗水长期腐蚀而留下的斑驳瘀痕。

她的眼睛定格在五光十色的网络上。她通宵达旦地上网,玩出了一身的疲惫,玩出了一颗涣散的心——迟到、旷课、怠于学习、不交作业。

老师疾言厉色地骂她,父母温言软语地

劝她。老师硬如石头的语言投落在她心湖上，泛起了几圈微不足道的小涟漪，乍起乍灭；父母软似棉花的话语进入她耳中，化成了两股无关痛痒的轻风，风过无痕。

那天，学校举行家长日活动，满身油腻的母亲匆匆赶到学校。老师的投诉，化成了尖利的刀子，把母亲脸上的笑容全都刮走了，留下的是赤裸裸的被刮伤后的疼痛和失望。

在回家的路上，母亲紧抿着嘴，脸上闪着阴冷的光。

阿斐怎么也想不到，一向温柔似猫的母亲，在迈入家门后，竟变成了一头虎，一头她前所未见的猛虎。只见她蹲下身子，快速脱下那双黑色的布鞋，顺手抄起一只鞋子，劈头盖脸地朝她打去，一下一下地打，毫不留情地打，啪啪啪……阿斐没有闪避，任挥飞如雨的鞋子在她头上、脸上留痕留印。

之后，母亲抛下鞋子，疾步走入房间，由始至终没说一句话。她瘦瘦恹恹的背影，灰蒙蒙的，像秋天一棵枝秃叶落的树。

痛极、惊极的阿斐，明明有着汹涌澎湃的泪，却一滴也流不出来。她呆呆地看着那只六亲不认地"耀武扬威"的鞋子，呆呆地看。看着看着，浑浑噩噩的脑子骤然响起雷声、闪过电光。

啊，母亲的鞋子。

那是一双黑色的布鞋。

此刻，这双鞋子，一只面朝上，一只面朝下。旧且破，鞋面和鞋底已"劳燕分飞"了，丑恶不堪地裂着口。原本个性分明的黑色，因为多次洗涤，已变成了灰色。其中一只鞋子的鞋底还破了一个洞，像一颗冷看世情的眼珠。

母亲由始至终没有说过一句话，然而此刻，许许多多的话却从那双裂着口的布鞋源源地流了出来。

阿斐沉滞的目光由那双残破的布鞋慢慢地移到了自己的脚上。她穿着的，是一双名牌运动鞋，189 元。那回，在百货公司，她说要，母亲把鞋子捧在手里翻来覆去地看，然后说："好鞋，好鞋呀，耐穿。"就去柜台付钱了，没有任何的冗言赘语。

现在，母亲这双既残又破的布鞋，张着口，对她说话。

她听着听着，突然缩着肩膀，抖抖索索地哭了起来，在满室荧荧的灯火中，在满屋沉沉的寂静里，她的哭声越来越大，把原本凝固的空气也击碎了。

就在这时，一双柔软的手臂温暖地揽住了她的肩膀。

现在，每当有人和阿斐谈起她的奋斗历程，阿斐总不忘和别人说起这一双布鞋的故事。

其一

在地铁里。

坐在我正对面的，是一对年轻的夫妇，膝上坐了一个6岁的小女孩，怀里抱着一只软软的玩具熊，圆圆的脸庞粉嫩粉嫩的，扎着两条可爱的辫子，辫子上有两只五彩的蝴蝶，随着她头部的扭动，活泼地飞来飞去。她的父亲左手拎着一个卡通型的小背包，右手拿着一小袋面包；母亲呢，左手拿着一瓶橙汁，右手拿着一瓶矿泉水。小女孩娇声娇气地说："我渴了。"母亲赶紧把盖子拧开，把橙汁送到她嘴边。小女孩双手不动，仅张开大口，就着瓶口，贪婪地喝，喝够了，舒舒服服地合上嘴，母亲把瓶子移开，顺便往自己口里送，没料到小女孩竟然大声喊了起来："我的橙汁你别喝！"母亲赔着笑脸，说："好好好，妈妈不喝，不喝！"这时，父亲温柔地俯首问道："你饿了吗？吃个面包好不好？"小女孩嘟着嘴说："不饿！"又对母亲说：

"我还要橙汁！"两个成人就像蜜蜂飞绕花朵一样，为这个刁钻的女娃儿没完没了地忙。

地铁大门边站着一对母女。母亲看似 30 岁，小女孩呢，6 岁左右，短发，黧黑的皮肤闪着健康的光泽，米色的上衣神气活现地印着一个"武"字。地铁在奔驰，母亲并没有让时间白白地溜走，她指着地铁的路线图，教女儿辨识方向，只听她说："你看，红色标着的，就是我们上车的地方。由金洲站到海傍站，会经过蕉门、黄阁、汽车城、东涌、低涌，总共 5 个站，你下次自己搭地铁去习武时必须记得呀！"女儿目光炯炯地看，全神贯注地认，全心投入地记，等到下车时，心里已清晰地印着一幅无形的地图了。

毋庸置疑，在两个小女孩面前伸展着的是两条截然不同的人生道路……

其二

一群年龄不一的朋友相聚用餐。

餐后，大家谈兴正浓，便移步到咖啡座，继续摆龙门阵。

刚点了饮料，阿季的手机便响了，她接听后，说：

"我女儿今天的辅助活动取消了，我必须去学校载她回家。"说毕，匆匆离座而去。有不明就里者问道："阿季已经四十多岁了，孩子还那么小，恐怕很迟才结婚吧？"阿季的好友阿华忍俊不禁："她的孩子已经念高中了，哪能说小呢！"大家都说："哎呀，都已经十七八岁了呀，还要妈妈接送？"阿华答道："是啊，每天阿季天未亮便起身，为她的宝贝女儿准备丰盛的早餐，怕她吃腻，天天挖空心思变新花样。伺候她吃饱了，再驾车把她送到校门口。放学后，再大老远地把她载回来。"众人惊叹："真是'二十四孝'母亲啊！"可以肯定的是，这孩子在母亲的娇宠之下，已成了一捏即破、一碰即扁、一撞即坏的"草莓一族"了。

　　过了不久，阿湘的手机也响了，只见她在接听电话的同时，用笔在纸上记下了一组号码。挂掉后，她告诉我们，由于她家离大路有一段距离，因此，她让就读小学四年级的女儿每天乘计程车回家。大家惊问："她才十岁，你怎么放心得了？"她说："孩子不磨炼磨炼，怎么行呢？我嘱咐她把计程车的号码记下，一上车，便打电话给我。有了防范措施，便万无一失了。"这个小女孩在母亲的训练下，成了一个捏不破、压不扁、撞不坏的坚韧型椰子，成熟而又稳重，在学校，既是班长，又是学长。

　　孩子会长成草莓或椰子，完完全全取决于父母的教育理念。

踢

有一回在飞机上，一名五六岁的小童因为穷极无聊而不断地用脚踢前面的椅子，一下、两下、三下……我就好像坐在颠簸的小舟上，晕头转向。在忍无可忍的情况下，转过身，礼貌地要求他不要再踢。可我一坐下来，便听到他大声说："前面那个人好讨厌啊！"万万没想到，他的母亲竟细声附和："是啊，真是讨厌，别理她！"

我默默地想，在这种是非不辨的家庭教育下，男童今天踢的是椅子，将来也许便会毫无分寸地踹在别人的心上。当他狠狠地踹着别人时，他的脚板无知无觉地长着茧，这块厚厚的茧是自小在父母的助长下形成的啊！

另有一回，在大庭广众之下，看到了一幕让我心重如铅的"人间闹剧"。

一名约莫七岁的男孩在池塘旁嬉戏，池塘里多尾锦鲤以缤纷的色彩织出了让人心醉的斑斓图景。小男孩拿着一大包油腻腻的炸薯条，双手一翻，便想倒进池塘里，佣人眼尖，劈手夺下。男孩非常生气，飞起一脚，结结实实地踢在佣人的膝盖上。佣人吃痛，颤声说："我去告诉你妈妈！"小男孩问："你说你要告诉我妈妈？"佣人说："是啊！"小男孩有恃无恐，又提起腿来，连续踢了佣人两三脚，边踢边说："你去讲啊，我让你讲个够！"就在这个关键时刻，女主人出现了，她气定神闲地喊着："汤尼，你在玩啥呀？"瞧瞧，儿子在使狠劲踢佣人，佣人被踢得龇牙咧嘴，在她眼里，竟是一场无关痛痒的游戏！

小男孩今日踢的是佣人，他日，当养而不教的父母拂了他的意愿时，他那双凌厉无比的脚会不会朝父母踢过去呢？

还有一次，一名穿了校服的小童，在妈妈的陪同下，一蹦一跳地在路上走着。路旁躺着一只野猫，病菌像烟气一样缠绕在它软绵绵的躯体上。小童经过它身边，说时迟、那时快，提起脚猛力踢去，病猫闷哼一声，软如棉絮的身子飞得老远，当它跌落地面时，我仿佛听到一命呜呼的声音。我实在气不过，大步上前，对男童说："你怎么可以这样做呢？猫……"话还没有说完，男童的母亲便气急败坏地抢着对他说："是啊是啊，我和你说过的呀，不要随便去踢这些肮脏的野猫、野狗，它们如果被你踢痛了，会咬你的呀！你怎么不顾危险呢！"我一听，整颗心都凉了。孩子踢猫、踢狗，是任意蹂躏其他生灵的丑恶行径，她没有教导孩子尊重生命之道，却把训斥重点引到其他层面上！

一个惯常用脚把其他生命踢个稀烂的孩子，胸腔里的那颗心慢慢会变得僵硬，像石、像铁。长大之后，他可能时时会使出"连环三脚"，冷酷无情地对待他人。

踢，是人类的本能。婴孩呱呱坠地不久，便已懂得用那双粉嫩粉嫩的腿，一下一下地踢着，快乐而惬意。然而，在成长的过程中，教导孩子如何踢、踢什么、该不该踢，通通都是父母的责任。

睿智的父母，会教孩子以坚韧的毅力踢掉妨碍成长与成功的各种困难；然而，溺爱孩子的父母，却放任孩子不分青红皂白地胡乱踢，小则踢椅子，大则踢生命，最后，把自己的品德与人格都踢掉了。

拖鞋

在这张照片里，他蹲着，她坐着。他22岁，她年过七旬。他赤足，她脚着拖鞋。他仰头看她，她俯首看他。他唇泛微笑，她咧嘴而笑。

他和她素昧平生，但是发生在他们之间一个真实的故事却感动了无数人，照片因此在网上疯传。

他是韩国人崔大虎，精于跆拳道，到新加坡来是为了切磋武艺。

那天乘公共汽车时，他看到了赤着脚坐在车上的老婆婆，二话不说，立马蹲了下来，脱下拖鞋，温柔地为她穿上。

她的脚，有了传自他手上的温暖；她的心，有了来自他眸子的温馨；她的世界，在这一瞬间变得璀璨。

送出拖鞋后，他的脚，空晃晃；他的心，满当当。

他从她皱纹麇集而笑意荡漾的脸庞想到了自己的老祖母，是她教会了他"老吾老，以及人之老"。

他的老祖母已经撒手尘寰，可是，她留了一颗心给他——一颗能随时随地照亮他人世界的心。

运动鞋

在 9 楼祖屋的大厅里，他坐着，她站着。他 15 岁，她 45 岁。他脚穿运动鞋，她赤足。他低头看鞋子，她俯首看他。他满脸煞气，她一脸焦虑。

他和她是母子。

他把左脚的鞋子脱了，猛地朝敞开的窗户抛出，然后斜眼瞅她。她啥也没说，拉开大门便往外跑。鞋子落在哪里，她当然知道，因为这已不是第一次他用这样的方式发脾气了。在楼下的沟渠旁，看到那只鞋子，她松了一口气，拎着它返回家门。然而，才迈入屋里，他竟又把右脚的鞋子从窗口扔了出去。她只好再次冲下楼去拾，心里想：如果这样可以让他解解气，那么多跑几趟也没关系啦！

有一回，在课堂上，老师骂他，他立刻脱下鞋子朝老师劈脸丢过去。结果，被校方记了大过。后来，和同学打架，他不再抛鞋子了，而是抛刀子。结果，进了少年感化院。

她爱他，可是毫无理性的溺爱与毫无原则的放纵，使他的心变得僵硬、冷硬、死硬，正是这样一颗心，最后把他推进了人生的死胡同。

小童鞋

在网上这张照片里，他坐着，她也坐着。不过，他坐的是有扶手的高背椅；她坐的呢，是矮矮的小木凳，背上还有沉沉睡着的一个小婴儿。他是个小男孩，她呢，是名少妇。他穿着光鲜的鞋子，她脚着简朴的布鞋。他低头看自己的鞋子，她俯首看他的鞋子。他神气活现，她卑微内敛。

她和他素不相识。

她是擦鞋妇，他呢，是妈妈领着来的。他那衣饰亮丽的妈妈，正满脸含笑地站在他身边。

年纪小小的他得意扬扬地坐在椅子上，把脚大模大样地伸出来，让年纪比他大了好几倍的擦鞋阿姨为他做清洁工作。

饭来张口，衣来伸手；鞋子脏了嘛，就伸脚。一切都理所当然顺理成章地有人打点、代做。

在物质上给了他优渥生活的妈妈，在精神上没有给他优质的锻炼，更没有给他一颗体恤他人的心。

照片旁边有一行"触目惊心"的文字："这张照片最大的现实意义不在于它揭示了社会巨大的贫富反差，而在于当这两个孩子长大之后，我们又该用什么来保证他们所代表的两个阶层和睦相处？"

让孩子吃吃泥沙

阿灵有"惧飞症"，每回提及她在伦敦那唯一的小外孙豪豪，既惆怅又无奈。豪豪已经 3 岁了，可是阿灵从未见过。最近，女婿被派往南非公干，女儿阿盈决定带豪豪回新加坡住一个月。

阿灵喜上眉梢，逢人便说，快乐得像只喜鹊。然而，只短短一个月，喜鹊便变成了灰头土脸的乌鸦。

母女俩剑拔弩张，时起勃谿。

在聚餐会上，阿灵气呼呼地说："小孩才 3 岁呢，她却事事讲求教育原则，荒唐！孩子不肯吃饭，她便把饭菜倒掉，还振振有词地说，孩子已经 3 岁了，当然知道饥和饱的感觉，逼他是违反生理需求的。她忘了，我以前是怎样喂她的，她不吃，我便把食物盛在保温盒里，带她到儿童游乐场，当她忘情地玩着时，我便一口一口地喂她，一大碗饭菜吃得一干二净，一顿饭得花上一两个小时耶！照顾孩子呀，没耐心，能行吗？最气人的是，小豪豪不肯吃饭，我特地做了小点心端给他吃，她居然还大发雷霆，说孩子已经 3

岁了，我这样惯他，等于放纵他使性子。唉，可怜的小豪豪，才 3 岁啊！"

有一回，小豪豪攀着阳台的栏杆，好奇地俯瞰楼下众生。阿盈喝令他下来，然后用藤条打他的手心，把他打得哇哇乱哭，阿灵骂她："你疯了啦，孩子才 3 岁，你竟用体罚！"阿盈理直气壮地应道："我一再告诫，不准攀栏杆，万一跌了下去，连命都不保呀！他已经 3 岁了，这样重要的话都没放在心上，难道不该打吗？"阿灵心痛地说："他才 3 岁呢，用藤条吓唬吓唬就可以了，干吗真的使劲去打呢？"阿盈叫道："妈妈，你以为我在和豪豪玩游戏啊？不让他吃痛，他会吸取教训吗？"阿灵生气地应道："以前你小的时候，就算再调皮，我也不曾鞭打你啊！"

我注意到，在阿灵的叙述里，有几个"关键词语"，那就是"才"和"已经"、"以前"和"现在"。这几个词语恰好反映出两代人对教育截然不同的看法。

阿灵认为豪豪"才"3 岁，还处于懵懂无知的年龄，需要呵护，所以百般迁就；然而，阿盈觉得豪豪"已经"3 岁了，早已进入需要用纪律规范的阶段了，所以严立家规。

母女俩势如水火，只因为教育理念不同。

曾经读过一则短文，文中通过一个有趣的小例子，写出了两代人迥然不同的教育哲学：有一回，一位老妈妈远到澳大利亚去探望她的女儿和4岁的小外孙女。3个人去海边玩，老妈妈和女儿坐在阳伞下纳凉，当她看到蹲在沙滩上的外孙女将一把泥沙塞进嘴里时，大惊失色地嚷道："别，别吃！"说着，便要冲过去阻止，女儿却一把扯住她，气定神闲地说："吃泥沙有什么关系呢，就让她吃啊，她如果觉得不好吃，一定会吐出来的，以后自然也就不会再吃啦！"

年长一辈的父母，实施的是间接的说教教育；年轻一代的父母呢，强调的是直接的体验教育。

直接教育所带来的不愉快经验会让孩子铭记终生，永不再犯；间接教育呢，没有切肤之痛，父母循循善诱的语言也许会成为孩子耳边一股无关痛痒的风。

爷爷和奶奶应该与时俱进，放心、放胆、放手，让亲爱的孩子以他们的理念和方式去教育他们的下一代。

吃过泥沙的孩子，当会懂得"吃一堑，长一智"的道理。

年轻的朋友阿嘉进入教育界才几年，却已经有了"尘满面，鬓如霜"的感觉。

明明站在教室里，学生却当她是透明的，喊、叫、闹，甚至追、跑、跃。费尽九牛二虎之力把学生安顿好，上课的时间却只剩下一点点了，原本神采奕奕的阿嘉也已筋疲力尽了。

她无奈而又不失幽默地对我说："我本是一瓶香醇的酒啊，经过这一番又一番的折腾后，已经变酸、变馊了！"顿了顿，又叹了口气，说，"我真想还原为藤上新鲜的葡萄呢！"

让她产生职业倦怠感的，不是教书本身，而是学生的态度。

她沮丧地说："我现在就好像是在逼一群野牛在波涛汹涌的大海里学游泳，看不到半点希望的曙光！"

尽管口出怨言，可是敬业、乐业的她还是心甘情愿地当着"孺子牛"。明白"百年树人"的道理，她当然也不奢望"立竿见影"啦！

然而，不久前发生的那件事却在瞬间

摧毁了她的信心。

那天上课时，有个冥顽不灵的学生把头搁在桌上，公然睡觉。其他老师都已放弃了他，唯独她没有。她跟他说话，一贯地和颜悦色，她坚信，纵是顽石，也总有一个地方是柔软的，只要触动了这个地方，石头便会慢慢地变得可被塑造。她盼望着、等待着。此刻，她走到他身边，轻轻拍了拍他的肩膀，尝试唤醒他，万万没想到，他竟然从座位上跳了起来，粗暴地踢翻了椅子，对她凶神恶煞地吐出了一串又一串粗言秽语，中间还夹杂着许多人身攻击的侮辱性语言，句句无中生有，但又字字带着剧毒。

啊，如果手中有水泥，她会用水泥封住他的大嘴，堵住那些源源不绝的脏话；如果身上有翅膀，她会鼓动双翅飞出这间她自以为能让她挥洒梦想的教室。但是，她手上既没有水泥，身上也没有翅膀，有的只是一颗千疮百孔的心。她胸口那份尖锐的痛楚遂化成了哽在喉咙里的一大团东西，既咽不下又吐不出，眼泪汹涌澎湃决堤而出，一发不可收拾。她从教室哭到办公室，又从办公室哭到家里。那一颗颗沉甸甸的眼泪，似乎把地面砸出了窟窿。

她彻夜难眠，天蒙蒙亮翻身起床时，才惊觉丝丝寒意正从心上不断地渗出来，变成了额头上拭之不尽的冷汗，她抖成了风中的一株弱柳。

倒在床上蒙着被子睡了几天几夜。病愈返回学校那天，她备了辞呈。

她苍白着脸，步履蹒跚地迈入办公室。桌上搁着一封信，信封上写着几个不是很工整的字——"卓老师收"。

拆开来，是一张自制的卡片。卡片上画着一个女子，有一张饱满的脸，上面镶嵌着两个圆圆的酒窝，双眸和嘴唇都成弯月状，尽情地笑着。那热烈的笑意啊，谁来便感染谁。很明显，学生画的就是阿嘉。卡片上有几行歪歪斜斜的字："你的课很有趣，我们喜欢，那些不学的人是坏蛋。老师，你不要哭！我们爱你。"

签名的是 6 名学生，都是平时看似没心没肺不甚讨喜的女生。

老师，你不要哭！啊，老师，你不要哭！

阿嘉告诉自己：不要哭啊，不要哭。但是，滂沱的泪水却把卡片上的字迹都化成了迷蒙的一片。

因为这张卡片，阿嘉把那封辞职信撕掉了。

教师节总是花团锦簇般的热闹。

过去执教鞭时，每年教师节，桌上都堆满了学生送的小礼物：鲜花、糖果、小摆设品。

怒放的鲜花，过不久即凋萎了；甜腻的糖果，不旋踵便在舌面溶化了；摆设品嘛，一转手就给了家中孩儿。

只有一种礼物，我会妥妥帖帖地收藏着，不是收一天两天、一年两年，而是天荒地老地收着、海枯石烂地藏着。

那是学生自己制作的卡片。

这些卡片，用纸可能粗糙，设计可能简单，行文也许不是很流畅，中间甚至夹杂着病句与错字，但是，就在这些不事修饰的文字里，藏着一颗颗纯朴的心，清澈如山泉、闪亮如珍珠。它们就像世界上最好的芳香剂，能使教师的精神世界长年氤氲着清香。

一直认为，圆满的关系应该是双向的。

学生渴求赞美，老师也渴望掌声。

孩子希冀得到奖赏，父母也希望得到赞赏。

肖复兴在《我们有时不如蜜蜂和树叶》一文中引述了美国的一则传说，大意是在一个村庄里，一家人围坐于餐桌前等着吃饭，可是等了许久，母亲端上来的却是一盆稻草。大家面面相觑，不知道母亲葫芦里卖的是什么药。这时，母亲慢条斯理地开腔了："我给你们做了一辈子的饭，你们从来没有说过一句感谢的话，或者称赞一下饭菜好吃，这和吃稻草有什么区别！"肖复兴在文中感叹着说："连世上最不求回报的母亲都渴望听到哪怕一点感谢的回声，而我们就和那些吃稻草的人一样，遗忘、淡漠、麻木，乃至忘恩负义。"他讽刺地写道，"蜜蜂从花丛中采完蜜，还知道嗡嗡地唱着道谢；树叶被清风吹得凉爽，还知道飒飒地响着道谢；但是，我们有时还不如蜜蜂和树叶。"

　　感恩，是凝在内心深处的感觉；感谢，是宣诸口头的语言。我们如果能在感恩之余而又明确地表达谢意，就等于是让心里揣着的那颗太阳释放出亮光和暖意，人与人之间的关系当会变得更圆融、更美好。

　　余秋雨在散文《三十年的重量》里，记述了一桩感人的事。一日，他突然接到了中学语文老师穆尼先生的电话。电话中，穆尼先生说，余秋雨与同班同学曹齐在三十年前曾经合作画了一张贺年卡片给他，但这张卡片在"文革"抄家时失去了。他以诚恳得有点儿颤抖的声音说:"你们能不能补画一张送我,作为我晚年最珍贵的收藏?"余秋雨和曹齐立刻搁下手中所有的工作,给年迈的老师重画一张盛载着满满三十年师生情的卡片,毕恭毕敬地送到他手上。在忆述当年制作卡片的情形时,余秋雨写道:"曹齐当时就画得比我好,总该是他画得多一点儿,我负责写字。不管画什么、写什么,也超不出十多岁的中学生的水平。但是,就是那点稚拙的涂画,竟深深地镌刻在一位长者的心扉间,把三十年的岁月都刻穿了。"在文末,他又动情地写道:"老师,请原谅,我们已经忘记了三十年前的笔墨,失落了那番不能复制的纯净,只能用两双中年人的手,卷一卷三十年的甜酸苦辣给你。"

莘莘学子啊,在即将来临的教师节里,请拿起你们真诚的笔,用你们纯净的心,好好给你们尊敬、挚爱的老师制作一张盛载真情的卡片吧!让你们的心温暖老师的心,让你们的文字化作一阕交响曲,永远回旋于老师的心中。

到地铁站旁一家小餐馆用餐。

进来了一对年轻的情侣坐在邻桌，说话的声音不小，声声入耳，句句清晰。女子长发披肩，皮肤紧亮细白，嗓音偏娇，但是话语带刀带剑，寒光闪闪。只听到她尖刻地说："我就是讨厌你的笨，刚刚明明已经坐稳了，为什么还要把位子让给别人！"男的不太高，身子壮实，瞳孔很黑，看她的目光，满满的都是近乎溺爱的纵容。此刻，他低声下气地说："对方年纪大嘛，让座给老人，不是应该的吗？"女的越发生气了："老人就有权利叫人什么都让吗？就像你妈，我有必要什么都忍让，什么都退让吗？她……"男的声音像糯米："好啦好啦，是我不对。你要吃什么呢？"女子点了芦笋炒带子、甜酸炸鱼、莲藕炖汤。之后，男的取出一个手机套送给她，讨好地说："瞧，你最喜欢的黄色呢！"女的一看，便不屑地丢在桌上，重燃战火："说你笨，你还真是笨！"男的诚惶诚恐地问："怎么啦，不喜欢？"女的说："这种款式，老土！是大减价的便宜货吧？"男的嗫嚅着："不是啊，我以为你喜欢……"女的见缝插针地攻击："以为，以为，什么都以为，笨！笨！笨！"芦笋炒带子端上来后，她又发火，说："为什么宣传照里的带子那么大，盘子里的却这么小？你去换掉！"男人脸有难色，她提高声音："去啊！"男的低声下气地说："我看，不如另外再点个菜吧！"女的尖刻地说："你就是这样，窝囊！"男的"嘿嘿嘿"连声干笑，双手把菜单捧上，女的接过菜单，大力摔在桌上，说："我不要再点，你去把带子换掉，去！"男的无计可施，只好请领班过来，领班赔着笑解释：带子原本很大，烹煮后，便缩小了些。女子指着墙上的宣传照，不依不饶地指责"货不对板"。为了息事宁人，领班建议换一道菜给她，她这才偃旗息鼓。可领班一走开，她又尖嘴利舌地说："现在，你该知道自己有多笨了吗？"男的点头如捣蒜，说："是是是，你是对的，自己的权利嘛，应该大力争取……"

短短一番对话，让我听出了许多感情的窟窿与危机。

他毫无限度地宠她，变成了她恣意妄为的凭借。

他全无底线地让她，形成了她颐指气使的气焰。

他的姑息养奸，造成了她的骄横跋扈。

然而，最让我觉得心惊的，是她在道德层面有许多显而易见的缺点和弱点：她没有助人之善心、敬老之爱心、体恤他人之仁心；而他，竟然毫无原则地惯她、纵容她、放任她。这样的女子，有一天成了妻子，可以预见，家里必定鸡犬不宁；而他，算是自食其果了。

再往深一层看，每个人的心在恋爱时都是一块豆腐，洁净、柔软，当我们小心翼翼地捧着它、不啻拱璧地爱着它时，它会永远保持那美丽的形状；然而，当我们披着爱的外衣，有恃无恐地以枪炮式的语言和全无敬意的举止化成一双双筷子，毫不在意地戳它、弄它时，或早或迟，它会碎不成形的！

眼前这个气焰万丈的女子，口口声声骂男友笨，殊不知最笨的人正是她自己。

她完全不知道，福气是长着翅膀的，它会飞来，当然也会飞走。

离开这家餐馆时，我不经意地回头一看，哎呀，一座已成雏形的"爱情坟墓"清清楚楚地浮现了……

夸奖的艺术

最近，我国一位校长在女学生的脸谱（Facebook）上留言，引起了轩然大波。

按照常理来说，日理万机的校长在时间的夹缝里上脸谱给学生留言，是值得尊敬的，应受表扬的；然而，问题在于他与学生讨论的不是与学业或品格发展有关的问题，而是留下"可爱、甜美、有女人味"等容易引起误会的暧昧语言。有些家长因此心生恐慌，怀疑他有不良意图。该校长在接受报界访问时解释道：他其实是希望借助这些具有鼓励性的字眼来让学生产生正面的自我认同。

这则新闻让我忆起了作家毕淑敏在《为你的夸奖道歉》一文里记述的那桩趣事：她的朋友到北欧某国做访问学者，某日受邀到当地教授家中做客，见到教授 5 岁的小女儿满头金发灿然生光，纯蓝的眼珠顾盼生辉，忍不住开口称赞道："你长得这么漂亮，真是可爱极了！"教授等女儿走开后，才严肃地对她说："你伤害了她，你要向她道歉！"朋友愕然，教授冷静地解释道："你是因为她的漂亮而夸奖她，而漂亮这件事不是她的功劳，这取决于我和她父亲的遗传基因，与她个人基本上没有关系。你夸奖了她，孩子很小，不会分辨，她就会认为这是她的本领，而且一旦认为天生的美丽是值得骄傲的资本，她就会看不起长相平平甚至丑陋的孩子，这就成了误区……你可以夸奖她的，是她的微笑和礼貌，这是她自己努力的结果。"

在崇尚外在的社会里，"漂亮"二字早已成了最受欢迎的溢美之词，然而，文中的教授却把这句赞语看成是妨碍她女儿心智正常发展的一株"毒草"，必拔之而后快，真是睿智啊！

夸奖是一门生活艺术，如果运用得当，是能够改变他人一生的。

被誉为 20 世纪最伟大的心灵导师暨教育家戴尔·卡耐基（Dale Carnegie），便因为继母得体的称赞而有了截然不同的人生。

卡耐基小时候是个令人头痛的顽童，举个例子：

曾有一回，他偷偷把一只死兔子带进课室，塞进一个铝质圆罐里，又乘人不备而把铝罐搁在课室后面的火炉上。那一堂课，上的是修辞学，老师以洪亮的声音娓娓地说："生动的语言，可以使人在文字中看到形状、听到声音、闻出味道……"就在这时，兔子被烤熟后的浓烈肉香弥漫了整个课室，老师急忙追查香味的来源，卡耐基站了起来，慢条斯理地说："这股香味就来自课本呀！在第51页，不就明明白白地写着'卖火柴的小女孩梦到了烤鹅'吗？老师，你是在语言里闻出了味道呀！"老师气得发昏。

卡耐基9岁那年，继母进门。父亲对她说："卡耐基是全社区最坏的男孩，叫人束手无策，说不定今天他就会用石头扔你，或者干出些别的坏事……"卡耐基没有想到，继母居然伸手温柔地抚摸他的头发，转头对丈夫说："你错了，他其实是个聪明而富有创造力的男孩，只不过还没有找到发泄热忱的管道罢了！"卡耐基顿时热泪盈眶。14岁那年，继母给他买了一部打字机，语气坚定地说："我相信你一定会成为作家的。"卡耐基最终在文字里找到了"发泄热忱的管道"，著书立说，成了20世纪最有影响力的人物之一。

真诚的夸奖，扭转了卡耐基的一生。

他的大量著作，也教会了广大读者有关人际沟通的正确技巧。

匍匐着种花

台湾著名作家张曼娟在《在沙漠种花》一文里忆述，在她留居香港担任公职的那段时期，曾经努力地把一项又一项辛苦规划的文化活动分别带进大学和小学，像个勤勉的农夫，埋头种下一株又一株小树苗。媒体问她："你不觉得香港是个文化沙漠吗？"她说不觉得，因为她真的看见香港许多有心人非常努力地开垦出一片又一片绿洲，她认为他们的努力应该获得更多的鼓励与掌声，不该被忽视。报上刊登了她的看法，但又画了一幅画讽刺她，画中的她匍匐在一片沙漠上，却还掩耳盗铃地说："香港不是沙漠。"报道刊出后，朋友为她感到不值与疼惜，她却豁达地表示："我是在沙漠种花的人呀，若不匍匐又怎能栽种？"

啊，匍匐着种花——这个意象，深深地打动了我。

匍匐着种花的那个人，有着磐石般的信念，她坚信她能把沙漠贫瘠般的单调转化为沃土般的璀璨。于是，她不管旁人悲观或负面的看法，一心一意埋头耕耘。她匍匐在地，以勤劳的双手松土、播种、施肥、浇水、除虫，然后，在耀眼的阳光里，等待一季季丰富的收获。

张曼娟的乐观与努力、坚持与等待，让我联想起新加坡许多值得尊敬的华文老师。

不久之前，我受邀到莱佛士小学深入浅出地和学生们谈谈"文学的魅力"。在自由发问环节，我惊讶地发现，这些小学生平时对课外读物是略有涉猎的。

事后与康秀花老师攀谈，得知该校华文部的成员的确秉持着"在沙漠种花"的坚韧精神，尽力打造阅读课外书的环境。

在校园里推动课外阅读，一般会碰到两股阻力：一是来自家长的"置疑"，二是来自学生的"抗拒"。

家长"置疑"，是因为他们把课外读物当成可有可无的闲书，他们一心希望校方能让学生多做练习题，借以提升他们的会考成绩。然而，这种纯功利性的学习方式，往往会把莘莘学子的学习兴趣扼杀殆尽，会考一过，他们便恨恨地"焚书坑文"。更糟的是，过不了多久，所学的便悉数还给老师了。我就认识不少年轻人，虽然华文科考了高分，但是连一张简单的字条也写不出来。

学了等于没有学。

这是一个足堪忧虑的问题。但是，一直以来，大家在探讨我国华文教育的问题时却忽略了这重要的一环。

今日学生之所以抗拒阅读华文书籍，是因为他们根本不知道这个"大宝库"里究竟藏着些什么瑰宝，只知道一掀开书本，里面密密麻麻的黑蚂蚁便会毫不识趣地咬他们的眸子。他们被咬痛了，都想远远地逃走。如果有人能够温柔地、耐心地牵着他们的手，带他们遨游于文字的园圃里，他们也许便会惊喜地发现，书本里的，根本不是什么猥琐讨厌的黑蚂蚁，而是一只只快乐飞舞的小蝴蝶！

阅读课外书，不但是语文进步的不二法门，也是巩固华文成绩的良好基石，更重要的是培养了良好的阅读习惯，孩子的学习热忱能永远保持。对于这一点，家长不可不明察呵！

任重道远的老师长年累月地匍匐着种花，且看看他们辛劳的姿势，且想想他们的苦心孤诣，大家还不尽力配合吗？

只要大家共同努力，总有一天，老师会在满袖花香里欣慰地说："啊，我们终于开垦了一片绿洲！"

绵羊与山羊

有一回，在中国西宁那百花齐放的公园里，我目睹了让人感慨万千的一幕。

两位相熟的母亲，带了独生子女来逛公园。甲的女儿约莫 6 岁，乙的儿子看似同龄，却比女孩略高。两个母亲坐在石椅上闲聊，孩子便在郁金香灿烂绽放的花圃旁追逐嬉戏。女孩手中拿着一根雕工精美的短棍，快活无比地舞弄着。男孩不甘寂寞，也想耍棍，手中没有，便抢。女孩当然不甘被抢，左闪右避，男孩无法得逞，竟然快速伸手掴了女孩一记耳光，年纪虽小，用力却猛，女孩脸上顿时浮现了一朵红云。她哇哇大哭，男孩趁机夺走她的短棍，边跑边舞，无比快活。

两位融洽交谈着的母亲被惊动了，甲冲上前去抱女儿，乙扑上前去追儿子。甲一边心痛难抑地抚着女儿的脸，一边愤愤不平地说："你比他大，怎么会被他欺负呢？"女孩抽抽噎噎地哭着，非常委屈。甲接着恶狠狠地吐出了几句让我瞠目结舌的话："你手中有棍子呢，为什么不用棍子打他？你用棍子打他啊，看他还敢不敢欺负你？"孩子才6岁耶，她竟教她使用暴力！这时，乙把儿子追回来，领到甲面前，让他道歉。男孩伸出手，想和女孩握手，甲挡开了他的手，说："算了。"他嗫嚅着："对不起！"甲冷冷地瞅着他，对女孩说："告诉他，你永远都不会再和他玩了！"说毕，站了起来，牵着女孩，头也不回地走了，甩下愣愣地站在原地的母子。

无知的男孩以一记耳光伤了女孩，她脸上的红肿也许很快就消退了；但是，她母亲耳提面命的所谓"教诲"、母亲的肢体语言会让她铭记终生。

甲把女儿教成了一个以牙还牙的"暴徒"。

当孩子面对欺凌时，身为父母，应该教导孩子如何去面对呢？

"他打了你右边的脸颊，你应该把左脸转过来让他打。"

不不不。

这种"百忍成金"的教育方式早已过时，我们完全没有必要把孩子教成一个凡事低头、遇事畏缩的懦夫。节节退让、遇事不鸣，有时就像一把蒲葵扇，会把对方的气焰越扇越旺，而这也会形成一种"姑息养奸"的恶果。

每个孩子出世时，都像一头温驯的羊，有着一颗像绵羊一样柔软的心。倘若孩子在一次突发性的事件里吃了明亏或暗亏，没关系，吃一堑，长一智，学了乖之后，提高警惕，生出防卫之心，已是人生的一种收获了。当对方在认清了自己的过错而道歉时，家长便应该教孩子以那颗绵羊的心来包容、接受、原谅。很多时候，原谅别人，也是善待自己的一种方式啊！

然而，与此同时，家长一定要为亲爱的小绵羊装上一对山羊的角。当对方在毫无歉意与悔意的情况下再三发出攻击时，孩子便得以以自备的武器给予全面的反击以求自保了。

我们可以善良，但不是毫无原则地愚善；我们可以乐观，但不该失却理智地盲目乐观；我们可以退让，但不是黑白不分地忍让。

山羊的角，可以让孩子在长大成人后，有保护自己的一道底线。

我们当然不要孩子成为咄咄逼人、仗势欺人甚至设计害人的山羊，但是，我们也不要孩子成为频频跌落人生泥沼而无助地痛苦挣扎的绵羊啊！

睿智的父母，应该善于把握良机，通过现实生活的具体事例，不断地给予孩子活的教育，让他们拿捏分寸，有绵羊的心而不弱，有山羊的角而不恶，最关键的是时时不忘身教。

蚕与蛹

小学阶段的我，是一只迷迷糊糊的蚕。

我把文学书籍当桑叶，发狂地啃啃啃，吞吞吞。学校的课本呢，全被我看成毫无价值的野草。每天上课，我都把有趣的小说压在枯燥的课本底下偷偷地看。课堂上老师的声音宛如飘过耳边的缕缕轻风，不留痕迹。每次发下来的成绩册，华文和文学史这两科的成绩总像两只快乐的海鸥，在一片浩瀚的红海里得意地翱翔着。

我这个沉默如山而又温顺如羊的乖学生，成了老师眼里一则难解的谜。

小学会考到了，大家紧锣密鼓地准备着。

我心中怀着一个秘密的梦，为了实现这个梦，我暂时抛开了与考试无关的一切书籍，临时抱佛脚，大大地努力了一番。

成绩揭晓，果真如愿以偿。

狂喜的我，穿着崭新的校服，站在镜子前面，转来转去地自我欣赏——说来可笑，这套设计别致的校服，竟然就是当时我想入读立化中学的唯一原因！

厚实的布料洁白如雪，衣上的铜扣闪闪

发亮，口袋上红蓝二色的英文字母"RV"神气活现，哎呀，酷毙了！

进入中学后，我过去努力吸收的文字养分，渐渐地化成了一匹匹骏马，奔腾于我汩汩流动着的血液里，呼啸着要我释放它们。于是，我让它们奔窜到纸上，一匹又一匹，一匹再一匹……

创作的欲望实在太强烈了，我把小说写在练习本上，每天写一段，让班上的同学传阅。然而，渐渐地，我发现力不从心了，因为长篇小说的创作，除了文字的驾驭能力外，还必须有扎实的生活经验、丰富的普通常识，而这一切对一位 14 岁的少女来说，难度委实太高了。我搜索枯肠，闭门造车，结果呢，走进了一条没有转圜之地的死胡同。搁笔之际，我知道，创作这条漫漫长路，需要的是一生一世倾尽全力的血汗耕耘。

我转向了短文创作，以此充当文字的"磨刀石"。日日写，日日磨，文字的赘肉一层一层地被去除了。愈写愈顺心，愈顺心便愈顺手。我开始频繁地投稿了，享受文字化为铅字的大快活。当一朵文字之花绽放后，我绝不眷恋于既有的灿烂，我的着眼点、着力点永远是新的播种、新的开垦。

在孜孜矻矻地释放文字的当儿，我渐渐发现，文字是有颜色的。当你释放颓废的灰色或是暴烈的黑色时，那一圈圈蔓延开来的色泽，是会把周遭染灰、染黑的；而当你释放明亮的橘色时，你便会看到让人欢喜的满地璀璨。

"真善美"一直被奉为写作者的金科玉律，而我呢，根据多年的创作经验，还增添了"乐"这个亮点。纵是满天乌云沉沉聚集，握笔杆的人依然得为朵朵乌云镶上道道金边，给人亮光啊！纵是震耳欲聋的雷声劈空而来，敲打键盘的人也应该设法把它化为振奋人心的鼓声，予人以希望啊！

在我的眼里，叶子的凋萎，是为新芽的发轫铺路；霜降雪飞，是百花齐放的前奏曲。"以微笑面对人生，以爱心拥抱世界"，既是我的信念，也是我创作生涯里永远的座右铭。

中学 6 年，我依然汲汲于摄取姹紫嫣红的文学养分，可是，我不再是作茧自缚的蚕了。蝶的斑斓，给了我新的憧憬。我清楚知悉，没有蛹的痛苦挣扎，便没有蝶的美丽蜕变。

生活在这春风化雨的美好学习环境里，当一只只蛹在成长的过程中尝试破茧而出时，良师并没有手执大剪，揠苗助长地帮助蛹把茧剪破，他们只是不动声色地给蛹灌注所有的热能，然后给蛹打气、给蛹支持，让蛹培养出自立自强的精神，帮助他们排除万难，冲破束缚，化为一只只翩翩飞舞的蝴蝶。然后，带着良师的祝福，自信而又自重地飞出校门，给社会、给世界增添异彩。

离开学校后，我依然孜孜不倦地释放文字。

如果说我所释放的文字有一丝亮泽的话，必须归功于美丽的底色。

底色，是母校为我铺垫的。

化杯水为河流

说起来，已是多年前的旧事了。

那时，谢克先生是《南洋商报·学府春秋》的主编，而肄业于南洋大学中文系的我，是该报活跃的投稿者。

一日，突然接获他笔法圆润的来信，信不长，但是，字里行间所盛载的温馨鼓励，却是初握笔杆者记忆里根深蒂固的榕树。

又一日，中文系的同学奔走相告：曾以《困城》《新加坡小景》《学成归来》等小说深刻反映现实的资深作家谢克先生，即将到学府来做专题演讲。大家像一锅煮沸了的水，很是兴奋。当晚的讲堂座无虚席。身子瘦削而精神奕奕的谢克先生，不属于滔滔不绝的高谈阔论型，他诚恳、亲切，而且言之有物，满堂学子成了无声的鸦与雀。谢克先生让莘莘学子知道，文艺不是虚无缥缈不食人间烟火的，它就切切实实地扎根于现实生活里。

当时，坐在台下全神贯注地聆听着的我，怎么也想不到，几年之后，竟然会因为他的引荐而进入报馆，与他成了同事。

谢克先生审稿非常仔细，任何文字的臭虫，都逃不过他的火眼金睛，务求做到零错误。受到他这种待字以诚的态度所影响，我写稿时，身边总长搁一部字典，随翻随查，尊重笔下所流出来的每一个文字。谢克先生不爱说教，但是他给了后辈最好的身教。

　　在文艺的园圃里，再好的苗，如果得不到最初的浇水施肥，都会瘪死于泥中的。谢克先生孜孜矻矻地埋头耕耘，碰到闪烁生光的稿子，他赞美、鼓励、扶掖。这名真心实意的文化园丁，以具体的支持，使许多稚嫩的文艺幼苗得以破土而出，苗壮成长。

　　谢克先生平时话不多，可是一谈到文艺、一谈及文坛，立刻双目生光、口若悬河。博览书刊，使他变成了一部"活字典"，国内、国外的文坛动向，他了如指掌，聊及作家的作品与文风，更是如数家珍。勤于购书、读书，家里书籍泛滥成灾。他的夫人告诉我，他的书房，一摞摞的书，初而堆在地板上，后来一直往上堆，直到触及天花板，最后连门也开不了。不久前，在百胜楼（书城）碰到年过八旬的他，手里提着一个沉甸甸的袋子，精神矍铄，步履轻快。文字滋养着他的精神，使他无论如何也老不去。

　　20 世纪 70 年代中期，初进报馆（《南洋商报》）的我，顶着炙阳、披着星光，完成了一系列新闻特写。新闻特写，是一种多项技能圆融结合的具体呈现，资料的收集、临场的观察、随机应变的能力、说话的技巧、素材的剪裁，缺一不可。啼声初试，自是战战兢兢。后来，谢克先生把我写的部分新闻特写推荐给了教育出版社。编辑审阅之后，决定出版。1978年，《社会鳞爪》一书的面世，着实给我的信心注射了一剂强力针。

次年，谢克先生把我发表于《小说天地》的5则短篇小说推荐给教育出版社。初习小说创作的我，把小说当"镜子"，以它映照现实里的丑恶现象，加以反映、鞭挞，而这与谢克先生一直以来所抱持的创作观点是相符的。1979年，短篇小说集《模》付梓，成了我文艺之路的滥觞。

我与文字缘结终生，这一份牵扯不清的美丽纠缠，与文化园丁谢克先生当年为文艺幼苗所灌浇的心血是分不开的。

终生汲汲于编辑工作的谢克先生，当作者投稿给他时，交出的是一杯文字的水，但是敬业、乐业的他总会想方设法把这一杯水化为一条河，一条蕴藏着无限能量的河。河是不会干涸的，它源远流长地淌着、天长地久地流着……

我写，晴天写，雨天也写；悲伤时写，快乐时也写；在大片的闲暇里写，也在时间的夹缝里写。伏案写作，已变成我生活里的一种惯性姿态；伏案写作，已变成我生命里的永恒追求。

水滴石穿的道理，我了然于心。

这些年来，我与谢克先生不常晤面，但是，只要有事发生，不管是令人开心的喜事或叫人伤心的愁事，我总会接到他的电话，或者恭贺，或者安慰，非常温馨。

他是一株精神的榕树。

[第四辑]

心灵碰撞

文字，是有颜色、有气味、有声音、有生命的，它缤纷多彩、馥郁馨香、闹声喧天、活蹦乱跳。我希望把文字转化为一种叫作"魅力"的菌，让它在学生当中"兴兴旺旺"地传染开来，且在他们体内蓬蓬勃勃地滋生繁衍。

拐杖和手电筒

厚重的铁栅门，一重又一重，一重再一重，重重又重重，总共多达九重。长长的走廊静谧如坟，狱卒手中那一大串冰冷的钥匙来来回回地碰撞着，似乎将凝固了的空气撞出了一个个狰狞的窟窿。

终于，到了。

狱卒打开了最后一重铁栅门，钥匙在一阵狐假虎威的叮咚乱响之后归于沉寂。

我走了进去。

宽敞的读书室里坐着 27 名女囚犯。

我看她们，她们也在看我，横在我们中间的是铺天盖地的沉默。

这儿是樟宜女子监狱。我于 2014 年 4 月下旬接受新智读书会副会长李国民先生的邀请，来此进行两个小时的导读。

坐在眼前的这 20 余名女子，年龄参差不齐，年轻的、中年的、年迈的都有。她们像树，讳莫如深，透着世故的沧桑。每棵树都有故事，但是，树都把故事藏在泥土深处的根须里，表现在外的就只有顽强的倔强。我清楚地知道，倔强恐怕只是一层薄薄的壳，一层自我捍卫的壳，在那一层薄壳底下，有着一颗千疮百孔的心、一颗脆弱如琉璃的心。那颗心，再也经不起任何的刺激，更经不起任何的伤害了。在人生的低谷里踯躅徘徊，她们渴望见到蓝天里的彩云，哪怕是透过云层投射下来的一丝微薄的亮光，也能让她们生出快乐的企盼。

读书会，便是那一丝亮光了。

目前，新智读书会的义工们每隔一周便到女子监狱进行一次导读活动。在监狱里参加读书会者都是主动报名的。在人生的道路上重重摔了一跤后，过去不值一哂的文字，今日却成了她们梦寐以求的瑰宝。

课室里没有交头接耳的絮聒，更没有喋喋不休的喧嚣。在鸦雀无声的专注里，我轻车熟路地把她们引进书本的世界里。

我说，侃侃地说着许多感人肺腑的真实故事；我说，娓娓地说着许多深具意义的励志故事。说到轻松处，她们捧腹大笑；说到沉重处，她们低首敛眉。

我发现，原本凝在她们眸子里的那一层冷漠，像霜雪遇上阳光一样，慢慢地融化了；原本铺在她们脸上的那一片荒凉，也像枯草逢及甘霖一般，渐渐有了滋润的绿意。

此刻，看到浮现于她们脸上的勃勃生机，我忍不住偷偷想：如果她们与文学的邂逅能够早一些，她们对文字的钟情能够更早一些，那么，她们是不是会走向截然不同的人生道路呢？

然而，话说回来，尽管"迟了"，却远远胜过"从来未曾"。

新智读书会的义工，在过去漫长的 13 年里，风雨不改地在铁窗里孜孜矻矻地进行导读，尽管他们一直抱着"只管耕耘，不问收获"的态度，可是文字与文学却在潜移默化中汇成一股强大的精神力量，让面壁思过的阶下囚对人生重新有了美丽的憧憬，也再次有了奋斗的信心和勇气，更重要的是他们从中看到了希望的曙光。

说真的，在人生的道路上跌倒，纵使跌得遍体鳞伤，也是不足以畏惧的。最可怕的是，挣扎着爬不起来时，没人肯伸手去扶；而历尽艰辛颤巍巍地站起来后，却发现前头是伸手不见五指的黑；在层层叠叠的痛楚里，恓恓惶惶地传来的，竟是叫人丧胆的四面楚歌。结果呢，趔趔趄趄着，一跌再跌。

请给她们拐杖，请给她们手电筒，让她们在拄着拐杖安安稳稳地走着时，也能够清清楚楚地看到前方美丽的景致。

文字啊，就是那无形的拐杖；文学啊，就是那散发亮光的手电筒。

2014 年 3 月，我到香港度假，好友东瑞与瑞芬伉俪以拳拳之忱邀我到他们濒海的公寓去聚谈。

叙旧话新之后，东瑞突然让我坐到电脑前面，恳切地说："来，我教你操作博客。"

早在两个月前，他便请朋友尹儿在新浪网为我开设了一个博客，之后，多次劝我使用这个平台与读者进行沟通。对于博客，我一直存有错误的概念，认为那是个人隐私的大公开。曾有多年书写日记习惯的我，早在而立之年便把可能泄露个人秘密的多册日记付之一炬了，现在，又怎么可能再走回头路呢？所以，言者谆谆，听者藐藐，尽管东瑞一而再再而三地劝我莫让那已经启动的博客像沙漠一般荒芜着，可我却依然如故，雷打不动。

这一回到了香港，用心良苦的东瑞硬是将我带到他的电脑前，将上传文字和图片的步骤清楚地传授给我。

他苦口婆心地说："博客是一道极好的文字桥梁，能够拉近作者和读者之间的距离。对于作家来说，它是一个展示写作技艺的地方，凡是你个人满意的作品，不论是旧作抑或新作，都可以任意上载，然后与有诚意的读者进行切磋和交流。"

他的博客才开设了一年，浏览人次已有 45000 多。他在博客里上传了许多精彩作品，也图文并茂地记载了他的游踪和文学活动。每一篇作品，都有读者热情地加以评论，而他也热切地给予回应。

作家的博客，的的确确颠覆了"写作是一条寂寞的道路"这一句老话。

此刻，我看东瑞在电脑键盘上十指翻飞如舞，深感惊叹——在 5 年前，东瑞还是个不折不扣的"电脑盲"啊！在创作道路上走了漫长 30 余年的他，之前一直都是孜孜不倦地握着笔杆爬格子的。

至于我呢，在 20 世纪 80 年代中期，便已开始使用电脑写作了。在那个用电脑写作并不盛行的年代里，我领略到运键如飞种种言之不尽的妙处与好处，便本着"有福同享"的心态，尝试影响写作圈子里的好友，不停地劝说。有的被我说动了心，"弃笔从键"，从此告别"手工作业"；有的却坚守传统堡垒，誓死不改。

东瑞，自然也是我劝说的好友之一，我不厌其烦地劝，老调重弹地劝，但是他缺乏"脱胎换骨进行大革命的勇气"，自我安慰而又自我捍卫地说："我对方块字有感情，喜欢一个字一个字地填进格子里那种美好的感觉。"

哎哟，这话听起来多熟悉呀！想当年，患着"科技恐惧症"的我，不也曾说过一模一样的话吗？

到了2009年，这位已经出版了120余部作品而一直抗拒电脑的多产作家，终于发现"形势比人强"，如果再不改变，恐怕会与时代全然脱节了。于是，他咬紧牙关，以破釜沉舟的决心，一头栽进了电脑那陌生的世界里。皇天不负苦心人，终于，一个个美丽的方块字得意扬扬地从键盘飞上了荧光屏。

在用电脑写作这码事上起步极迟的东瑞，发愤图强，奋起直追，在短短4年内，以"写作快手"著称的他，已用电脑完成了6部作品！

他微笑着说："是你多次的劝告给我造成了一定的压力，我才痛下决心学习的。现在，把你引入博客的世界，是我的投桃报李。"

在博客的天地里起步极迟的我，如今天天在博客里更新作品，为自己曾经有过的抗拒心态而感汗颜。

是益友无私的指引，让我们得以与时俱进。

心灵的碰撞

"对于所有成功人士来说，当事业到达一个高度时，生活看似圆满，内心却常为恐惧所纠缠——下错一步棋，眼前富贵，可能转瞬成烟云。生活道路，看似宽广，实则狭隘，他们只听到自己的声音，容不下别人的观点。站在高高的金字塔上，很风光，可也很寂寞。"

说这话的，是台湾《商业周刊》创办人金惟纯先生。

被誉为"传媒巨子"的他，这话其实是他个人的心情写照。

他在事业达于巅峰状态而拥有世人所钦羡的一切时，曾经自我反问：往后的道路该朝哪个方向去？

在机缘巧合下，他参加了由"圆桌教育基金会"（下面简称"圆桌"）所主办的"企业领袖营"。不可思议的是，短短 3 天活动，竟然让他找到了一个"新的自己"。

他学会了出世的"放"与入世的"面对"。一方面，他豁达地放开了曾经视如拱璧的许多身外物；另一方面，他坦然面对人生一切必然与非必然的变故，包括讳莫如深的死亡。

表面上，他的生活并没有实质的改变，但是，他的内心已起了翻天覆地的大转变。一向博览群书的他，讶然发现：应该学的、尚未学的，无止无尽。对于"活到老，学到老"这话，他有了全新的领悟和感受，自此之后，"还在学"也变成了他的口头禅。如今，他更拨冗投入"圆桌"的义工行列里，享受到前所未有的满足与快乐。

最妙的是，他为 96 岁的老祖母报名参加了"圆桌"的心灵课程。这位原本在轮椅上活得十分萎靡的老妪，过后脱胎换骨，竟能自己行走了。更重要的是，她对生活又有了新的盼头，日子仿佛朝逆时钟的方向行走。

创立于 1992 年的"圆桌"，通过一群具有远大愿景与明确目标的热心人士，在人文关怀的基础下，坚定地推动与发展生命教育，借此希望人人都能在精神富足的情况下传扬爱心，帮助别人也活出圆满与美好。

目前，"圆桌"已走出中国台湾，在中国大陆和香港、美国、加拿大、荷兰、德国、日本、韩国、泰国、菲律宾、澳大利亚等地开办课程。有人说，既不谈政治也不是宗教团体的"圆桌"，之所以能发挥那么强大的正面力量，主要是它让人的心灵除去所有虚伪的矫饰，真实地进行至情至性的碰击，把原本的真善美激发出来，让人在寻回自我本质的当儿，重新认识自己，再把心灵洗涤后的这一份纯净化成关怀与爱，回馈社会。而当他们这么做时，源自心坎深处的快乐便是他们最大的报偿了。

目前在中国各地开设了数百家蛋糕甜品店的企业家王秀梅女士也是"圆桌"的义工。她娓娓忆述，以前当老板，老是觉得下属很笨，开会时，除了斥责，便是教训。工作繁重，人也活得十分沉重。"圆桌"课程帮助她扫除了眼前障碍，她从中发现了一扇通向外界的窗口，很亮、很璀璨，而这也让她清楚地认识了"众人拾柴火焰高"的道理。那以后，她真心实意地善待员工，也惊喜地发现，自己因此而得到了更多的尊重与支持，业务更上一层楼。她表示，过去，有聋哑人士寻求援助，她最多是捐款了事，可现在，她却不厌其烦地为他们开办糕饼制作训练班，她说："我不再给他们鱼了，我教他们钓鱼。"

那天，和一群来自不同国家的"圆桌"义工共饮早茶，听他们分享自己的心路历程，如坐春风。

"圆桌"，让他们变成一面镜子，他们知道，要让镜中人微笑，自己必须先绽放笑容。

故事的魅力

台湾的李崇建老师最近接受新智文教发展协会的邀请，在新加坡做了数场专题演讲。

在那一场以"解放孩子的书写与想象力——以故事为脉络的写作教学策略"为题的讲座里，他以活泼的语言，通过现场示范，生动地诠释了他的作文教学法。

正儿八经的命题作文往往让学生望而生畏，李崇建老师建议通过故事的讲述启发学生的灵感，再辅以技巧性的提问，使学生的脑子得到火花四射的刺激，从而得以大大地拓展思维。

目前，浸淫在次文化里成长的都市孩子，生活经验极端匮乏，李崇建老师觉得应该让他们从虚构的故事里汲取写作的乐趣。

有一回，他以"边说边问"的方式，在班上讲述了一则有关偷窃的故事。为了拉近与学生的距离，他把自己嵌进了故事里，将主角的名字改为阿建。故事大意是说，有个铁匠的孩子名叫阿亮，村里人人都知道他是扒手，但他作案手法高明，从来不曾被抓。

有一次，他把阿建带到一家钟表店，要他站在门口，他自己则溜了进去，偷了一只手表。（故事叙述到这儿，李崇建老师别具深意地问道："阿亮偷窃，你们觉得站在门口的阿建有罪吗？"从学生七嘴八舌的回答里，可以了解他们的逻辑思维。）他们俩从钟表店回家后不久，便有人叩响了阿亮的家门。（李崇建老师再问："你们猜来者是谁呢？"当学生热烈地表达看法时，实际上已在进行口头创作了。）来者是钟表店老板，他向铁匠投诉阿亮偷窃手表，可阿亮否认得一干二净，他说："我整个下午都和阿建在一起呢！"这时，铁匠说："我们一起去找阿建问问吧，他的爸爸是教师，教师的孩子是不会撒谎的。"（李崇建老师又问："你们认为阿建会为了庇护阿亮而撒谎呢，还是不顾一切地抖出真相？"学生的答复显示了友谊和道德在他们心中的分量。）阿建愣了很久，终于艰涩地说："我没有看到阿亮偷窃。"事后，在阿建的要求下，阿亮不动声色地把手表还回去了。不久，钟表店老板又来到铁匠的家，说他冤枉了阿亮，特来道歉，还送上了两碗甜冰，阿亮装模作样地把老板教训了一顿。（上述故事的作者是中国作家苏童，李崇建老师表示，他只不过叙述了故事的四分之一而已。尽管学生苦苦哀求，他却不肯再往下叙述了。）

接着，他连珠炮似的向学生提出了问题：你有偷窃的经历吗？偷什么？偷谁的？什么时候偷的？怎么偷？为什么要偷？有被逮着吗？心里的感受如何？（至于那些没有偷窃经历者，他便嘱咐他们通过想象回答。）

最后，他要学生以"小偷"为题而撰文。经过上述活动后，学生早已酝酿出故事的脉络和格局，动笔写作已易如探取囊中物了。

在写作之前对学生进行指导，犹如给迷路者提供指南针，是必要的。然而，往深处看，写作的"孪生姐妹"是阅读，单靠口述故事是无法把文采和技巧很好地教给学生的，书籍才是全面的导师。有了阅读为基础，写作的指导才事半功倍。

我认为，对于新加坡的教师来说，把学生引进书本美丽的世界，才是最大的挑战。也许，我们可以借鉴李崇建老师说故事的方法，在把课外书介绍给学生之前，先给他们说说书中的故事，当他们听上瘾之后，便会迫不及待地把手伸向书本了。

有了主动的意愿，一切才能水到渠成啊！

腾空跃起的惊叹号

细草微风岸，危樯独夜舟。

星垂平野阔，月涌大江流。

名岂文章著，官应老病休。

飘飘何所似，天地一沙鸥。

杜甫这首五言律诗《旅夜书怀》大大地震撼了当时年方 19 的美国女子凌静怡（Andrea Lingenfelter）。当时，她读的是英文译作，诗内丰富繁复的意象和苍凉辽阔的意境形成了一个腾空跃起的惊叹号，深深地打入了她的心坎，她当下决定倾尽全力去修读汉语，借此叩开中国文化这扇厚重的大门，她知道，里面藏着不可胜数的瑰宝。

2014 年 5 月，我在新加坡国际翻译研讨会邂逅了美国诗人暨翻译家凌静怡博士。忆及大三那年在美国加州大学初修汉语时，她狭长的眸子满满都是柔和的笑意："我从零学起，第一堂课，老师以一句有趣的话'妈妈骂马吗'来展示汉语四声的魅力，大家嘻嘻哈哈地，觉得汉语实在太精彩了！汉字结构具有图画的美感，汉语系统严谨完整。我愈接触，便愈着迷，后来简直就是废寝忘食地学习。"

询及学习心得，她一针见血地说："许多人未能把汉语学好，主要是心中有惧。你越怕它，它便离你越远。痛下苦功，是不二法门。"

她学习的第一步是苦练语音。在课堂上，她打起十二分精神，注意老师发音时的唇形，仔细辨别翘舌音和非翘舌音的区别。下课后，便去语音室反复练习。老师只能教起步的姿势，要走得稳、走得快、走得远，必须仰赖自己。

其次是扩充词语库。她娓娓地说："当我们手上只有一两块乐高（LEGO）方块时，什么都做不成，可是，当方块越积越多，我们便可以建屋子、筑大厦、铸飞机、造轮船了。那种成就感啊，就是修读语言最大的魅力和驱策力了。"

她清楚地记得，当年拿起校方充当教材的鲁迅的小说《孔乙己》和茅盾的小说《春蚕》时，通篇都是生字难词。她查了字典，搞清楚词句的意思后，却又发现文意隐晦难明。于是，她好像玩高难度的拼图游戏般，慢慢地从各个不同的角度进行理解。意思彻底弄通后，还必须往深处钻，泅入作品的灵魂里，探索内在的精髓，而这，才是高难度的挑战。

她语深意长地说："学习汉语，坚韧的耐性是必要的。吃不起苦，往往会半途而废。然而，学成后的乐趣是无穷无尽的。"

　　谈到语法，凌静怡指出，学习汉语时，千万不要以英文的文法来干涉中文的架构，思维的方式和思考的用语也得全部转换为中文才行。就像电脑的硬盘，必须为中文和英文建立不同的文件夹，否则，就会在组织上引起大混乱了。

　　环境的熏陶，对语言的学习也是至关重要的。她曾在校方的安排下，到中国进行为期六周的熏陶活动，日日夜夜只以汉语打交道。结果呢，返回美国后，一口汉语流畅似水，她信心大增。她笑眯眯地说："这六周的熏陶，相当于我在美国一两年的学习呢！"

　　大学毕业后，她曾当过一年的导游，进进出出中国各地。后来，又到重庆西南师范大学（今西南大学）教授英文，历时一年。这些经历都大大地巩固了她的汉语基础。

　　如今在美国旧金山大学教授中国现代文学的凌静怡，回顾往昔学习汉语的经历时，言简意赅地说："我非常喜欢，所以我非常努力。"

　　两个"非常"，让她克服万难，大步迈进了汉语的世界里。

　　遗憾的是，当西方人把方块字视若拱璧的当儿，我国许多华族学生却弃若敝屣。

释放文字于樊笼

那是一种全新的教学经验，那是一种截然不同的教学方式。

2007年，当我第一次以驻校作家的身份站在学校那宽敞明亮的教室里时，我的心满满地充斥着一种发光发亮的快乐。

快乐，是因为我能把那长期被压得扁扁瘪瘪软弱无力的文字从考试那死板生硬的框子里释放出来，让学生确切地感受到文字是有颜色、有气味、有声音、有生命的，它缤纷多彩、馥郁馨香、闹声喧天、活蹦乱跳。我希望把文字转化为一种叫作"魅力"的菌，让它在学生当中"兴兴旺旺"地传染开来，且在他们体内蓬蓬勃勃地滋生繁衍。

面对着我的，是20张极年轻的面孔，脸上有20双亮晶晶的眼睛。老师说，他们热爱华文，他们喜欢创作。老师希望驻校作家能给他们打造一把小小的钥匙，让他们开启创作那扇庄严的大门。

我看着眼前那一张张天真烂漫的面孔，脸上虽然没有任何岁月的尘垢，我却敏锐地察觉到压力轻微的痕迹。我问他们："上课最重要的是带什么呢？"他们异口同声地说："笔。"我说："还有呢？"他们众口一词地说："笔记本。"我纠正："笔和笔记本是必要的，却不是最重要的。"他们茫然了。我这才慎重地"解开谜团"："最重要的，是一份快乐的心情。"他们一起露出了微笑。是的，唯有让一颗心长出快乐的翅膀，那颗心才能无拘无束地在文字的花丛里飞来绕去，采摘文学的蜜糖。

文学，不是肤浅地学习如何堆砌花团锦簇的文字，而是内心思维的具体呈现，学生必须学会挖掘内心深处真实的感受。我常常帮助学生回忆、追忆、省思、反思，有许多次，学生说到动情处，往往泪流满面，班上其他的学生也受到感染，一朵朵泪花沉沉地跌碎于地上。在闪烁的泪影中，我欣慰地知道，学生已掌握了创作的一大要诀：作品要感动别人，必须先感动自己；而真实，便是最重要的元素。

文学，不是恣意宣泄内心不满与牢骚的管道，学生必须学会在亮丽的文字彩衣里，通过健康的主题，赋予文学以永恒的灵魂。我在班上尝试通过多篇范文的讲述，深入浅出地让学生明白这个重要的创作原理。

文学，不是一蹴而就的快餐文化，也不是人云亦云的复制文字。学生必须学会在肉眼之外培养明察秋毫的心眼，从生活的海洋里撷取创作素材，从而写出不落窠臼的作品。但是，心眼不是说长就会立竿见影地长出来的，我通过现实生活中许多趣味盎然的例子，设法提醒他们，不要让如行云、流水般的日子在身边白白溜走，应该时时刻刻张大双眼看。只要留心看、用心体会，慢慢地，你便会惊诧地发现：咦，怎么周遭满满地都是取之不竭的创作素材呢？经年累月，你便又会惊讶地发现：自己在肉眼之外，居然多了一双心眼。这双心眼会变魔术，能够帮助你把大大小小的事物转化为笔下一朵朵文字之花；这花，一年四季不凋。

我不是对牛弹琴，更不是拉牛上树。

原本就对创作极具兴趣的莘莘学子，有着举一反三的悟性，在创作课结束时，都能交出很好、好、不错和差强人意的习作，没有人躲懒不交，也没有人胡乱交差。让我深为感动的是，学生突破了考试的樊笼，下笔如有神助，洋洋洒洒地写上两三千字，丝毫不以为苦；令我倍感欣慰的是，他们把笔握成了一种微笑的姿势，快乐因此在他们的心房和笔杆之间流来流去。

爱，让他们走上了创作的第一步。

当然，园圃里的幼苗不是每株都有长成参天大树的潜质和冲势的；然而，只要当中有一位，或者两位，或者三位，能够持之以恒、能够开花结果，园丁的汗水便不曾白流了。

　　他和她，在念大学时邂逅于话剧团而共浴爱河，相恋四年，论及婚嫁时，情海生波，男的坚决不肯走回头路。两个月后，女的联系上《爱情保卫战》的节目导播，向其求助。

　　《爱情保卫战》是天津卫视推出的一个情感心理节目，凡是在爱情上走入死胡同的情侣，都可一起上节目，畅述内心的矛盾与痛苦，通过剖白与争辩，进行深入沟通，再由特邀的心理专家与情感顾问帮助情侣揪出"爱情的病菌"，分析、指正、辅导。

　　节目播出以来，备受好评，它不但帮助了无数濒临决裂的情侣破镜重圆，也让许多社会病态浮出台面。

　　不久前播放的这期《爱情保卫战——奇葩女》便让我感触良深。

　　女的在节目里梨花带雨地问："我犯了什么错，你竟要狠心离开我？"

　　男的一点也不含糊，滔滔不绝地说出了"情变"的始末。

初识时，他觉得她善良活泼，然而，短短一年后，他便堕入了不快乐的深渊里。他事事迁就她，约会迟到一两个小时，他都毫无怨言，但是，他只要迟到一分钟，便有无数的惩罚等着他。最叫他吃不消的是，自从恋爱以后，她便定下了不计其数的纪念日，比如说，每个月的14日都是庆祝日，还有日记情人节、传统情人节、白色情人节、黑色情人节、玫瑰情人节、亲亲情人节、踏青情人节、银色情人节、照片情人节、葡萄酒情人节、电影情人节、拥抱情人节。此外，每个月的27日定为恋爱纪念日，每个月的15日定为接吻纪念日。每个情人节和纪念日都得以不同的方式庆祝、送礼。她还列了许多规矩，比方说，她发短信，他必须秒回，只要耽搁一秒，她便大发雷霆。她睡不着，他必须彻夜与她互通短信……林林总总，说之不尽。

最初，他觉得浪漫好玩，时间一久，便转为疲劳厌烦，但是他希望她会随时间而成熟而改变，因此一再忍让。

让人慨叹的是，在男的剖白了内心的沉重后，女的不但全无觉悟之意，还振振有词地反驳："男的宠女的，是天经地义的啊，我妈认为我就应该这样享受我的青春！"

两个月前，发生了一件事，他终于决定分手。

那天，她要出差，他送她到火车站。两人坐在计程车上时，他接到父亲打来的电话，说他母亲摔断了腿，要他立刻回家。然而，她却死活不肯让他下车。3天后，她出差回来，他要她去向母亲道歉，可她冲到医院，劈头盖脸地对他母亲说："你又不是死了，为什么硬要叫你儿子回家！"那一刻，他觉得自己的心裂了。

分手后的感觉，竟是如释重负。

专家一针见血地指出，女的患上的是"公主病"：自私、自恋、自我中心。"公主病"是由父母惯出来的，男友不辨是非的迁就与依顺是使病况加深加剧的原因。顾问语重心长地劝她："不要把他爱你当成伤害他的理由，更不要把他对你的宠当成欺负人的借口。女人可以任性，但不能肆意妄为；女人可以撒娇，但不能骄横跋扈。"

依我看，这其实并不是现实生活里单一的个案，在目前经济腾飞的中国，被溺爱的独生"公主"日益增多，这些"天之娇女"共同的病征是情商特别低。在爱情上如此，在处理工作与亲属的人际关系上也是如此。长此以往，必成社会隐忧。

铲除"公主病"，必须从家庭教育做起。

废寝忘食地看、如痴如醉地看，一口气看完了《舌尖上的中国》这一套七集美食片子。它可说是"百味杂陈"的，当食物浓郁的香味飘过鼻端之际，我也闻到了历史深邃的陈香、文化厚重的幽香、人情淳朴的芳香、亲情温暖的馨香。

在《五味的调和》这一集里，人与大自然彼此尊重那种无懈可击的和谐深深地触动了我。

五味，指的是甜味、苦味、咸味、酸味、辣味。

甜味，来自甘蔗。岭南地区近千亩的蔗林，在农夫勤勉的浇水施肥下，一根根挺立的甘蔗悄悄地积聚着糖分，快快乐乐地生长着，蓬蓬勃勃的绿影形成了一片旺盛的气势。当甘蔗大熟而提炼为糖后，就摇身变为"味蕾的宠儿"了。我们因此得以享受到各式各样的甜品，而糖，也成了烹饪不可或缺的调味品。

苦味，来自沧桑的陈皮。在广东新会的果园里，在农夫诚恳的照顾下，无数茶枝柑结出了累累的果实。果农把那一颗颗浑圆紧实的柑小心翼翼地摘下来，剥出果皮，曝晒成苦味的陈皮。用这陈皮去炖鸭肉、焖排骨、煮猪肉粥，熬出了"苦中回甘"的隽永滋味。

咸味，来自盐。粤东海畔的村民世代以晒盐为生，出现在片子里的晒盐人家阿刘，利用古法晒盐。海水在浅浅的盐田里蒸发后，留下了饱和的结晶体，那就是被称为"百味之首"的"盐"了。晒盐者必须天天和大自然打交道，非常辛苦。阿刘为了保护这古老悠远的制盐传统，在村民纷纷弃此去他地的当儿，忠贞不贰地选择了留守盐田。

酸味，来自醋。中国人是以谷物（高粱或糯米）来酿制醋的。当农夫孜孜矻矻地种出了万里金黄的稻穗时，豪放的山西人便把高粱转化为声名大噪的山西老陈醋；而灵秀的江南人呢，则用糯米酿制成含蓄内蕴的镇江黑醋。

辣味，来自辣椒。在四川，一根根肥大鲜嫩的辣椒在矮矮的枝丫上热热闹闹地"自焚"时，辛苦了一整季的农妇便欢欢喜喜地收获着那红艳艳的劳动成果。当辣味在舌尖上放肆地"撒野"时，吃它的人像咬着了爆竹一样，得到了一种达于极致的刺激。

观赏《五味的调和》，我深切地感受到人与大自然和谐共处的美好圆融。人善待土地、海洋，土壤和大海因此而知恩图报，给人类献上甜、苦、咸、酸、辣这五种味道的大享受。

然而，正当《舌尖上的中国》如同一股清流洗涤着大家的心灵时，《化肥、农药和激素的世界》这一部新闻纪实片子却好像一记重棒，把人打得晕头转向。出现在镜头里的，是乳房发育、月经早来的4岁女童，是腋下长毛、唇上长须的3岁男童。这些性早熟的儿童正与日俱增，单单扬州便有整千名了。农夫为了使瓜果蔬菜长得更快、味道更可口、色泽更鲜丽，不择手段地大量使用化肥、农药，诸如催化剂、催熟剂、膨大素等，这些化学元素不但对土壤和地下水造成巨大的破坏，对人体诸如内分泌系统和神经系统都会产生惊人的破坏力。长期食用农药催生的产品，不但易于致癌，各种怪病也会接踵而至。

利令智昏，人类擅自打破自然界原本的规律，破坏原有的平和生态，不尊重土壤，不爱护大自然，当然就得承受来自大自然的反击和报复了！倘若人类在警钟已响的当前再不觉醒，最后恐怕会把自己一步步地逼进一个全无退路的绝境里！

深夜食堂

　　这家别具风味的小餐馆开设于日本东京龙蛇混杂的新宿一带。营业时间从子夜 12 点到早上 7 点，人称"深夜食堂"。餐馆老板小林薰是个中年人，那道由额头横跨左眼而蜿蜒于脸颊的刀痕无声地道尽了他生命里曾有的沧桑。餐馆的墙上只列了一道日式料理——豚汁定食。但是，小林薰厨艺精湛，可满足食客要求而煮出各式美食。

　　洞悉世情的他，稳重睿智，常能帮助食客解疑释惑，食客都爱向他倾诉心事。在香气缭绕间，许多故事就源源不断地被牵引了出来，或悲伤或快乐，或诡谲或恐怖，然而最终都会有一个温馨的结局。

　　以上所谈的是日本电视剧《深夜食堂》。

　　《深夜食堂》改编自安倍夜郎脍炙人口的同名漫画，这套漫画曾于 2010 年获得第 39 届日本漫画家协会奖大奖，销售量突破百万册。现在，除了改编成日语电视剧，也出版了食谱。听说台湾方面也有意在近期开拍中文版的电视剧。

　　电视剧《深夜食堂》每集 30 分钟，以

老板小林薰为主线，再利用某道食物作为"诱饵"，从而引出一个个独立的故事。

比如，"日式炸鸡"讲的是爱情故事。有个年轻的女子，每次到深夜食堂，都"独沽一味"地点食日式炸鸡，而每回炸鸡尚未端上来，她便坐在柜台前疲倦地睡着了。小林薰从不惊动她，任她睡。她睡醒后，便腼腆地拿起金黄香脆的炸鸡默默地吃。这个"爱睡觉"的顾客已成了深夜食堂的一道风景。这个女子是为了爱情而离家出走的。她的同居男友是个红不起来的搞笑艺人，靠她当搬运工来维持生活。他花心而又暴戾，有一回，居然在众目睽睽下粗暴地打她。盲目的爱情蒙蔽了她的心，她一让再让。后来，手足情深的哥哥找到了她，两人在深夜食堂吃炸鸡时，哥哥说："不管你做了什么选择，我都会一直支持你的……"身心都被折磨得千疮百孔的她，听到如此暖心的话，眼泪狂泻。之后，她结束了残缺的爱情，从东京返回了千叶那温暖的家。

"酒蒸蛤蜊"是亲情故事。未婚的中年汉子是空手道教练，年幼时，父亲在工厂倒闭后跟一个女人跑掉了，留下一堆债给母亲。母亲被债主逼得无路可逃时，曾想轻生，但看到他狼吞虎咽地吃酒蒸蛤蜊的样子，便打消寻死之意，自此，酒蒸蛤蜊便成了母子俩最喜欢的食物。

儿子很爱母亲，但不善表达的他动辄喊她"老太婆"。母亲因为他迟迟不婚无孙可抱而精神苦闷，时时酗酒，每回烂醉如泥时，儿子便来把她背回家去。小林薰劝儿子让母亲戒酒，儿子却认为母亲苦了那么多年，爱喝便任由她喝，后来，见她健康每况愈下，才决定送她入院。出院那天，不幸遭遇车祸，母亲轻伤，儿子重伤，母亲扯着医生大喊大叫："我的器官随便你拿，但你要是敢让他死，我就要你死！"儿子伤愈出院后，母子俩坐在深夜食堂，一边吃着酒蒸蛤蜊，一边尖嘴薄舌地抬杠……

　　脍炙人口的《深夜食堂》并不是花费不菲的大制作，它场面小、人物少，可是演员演技出色，故事情节紧凑，更重要的是那一个个蕴藏在美食里的故事，正面积极、温馨感人，在这个以"怪力乱神"博出位的商业市场里，类似这种老少咸宜的写实剧集委实已凤毛麟角了！

这事觉得不可能，但它却发生了——真实地发生于中国上海。

这篇图文并茂的访谈刊载于 2013 年 6 月份的《知音》杂志。洋洋洒洒 8000 余字，道出了一则催人泪下的真实故事：

年轻女子李梅，感情出轨，珠胎暗结，提出离婚。丈夫圣玉华不明缘由，苦留未果。离婚手续办妥后，李梅很快与酒店同事刘端伟结合了，数月后，生下女儿刘薇薇，这时，圣玉华才恍然知悉真相。羞愤交加的他，原想报复，但被理智控制了。两年后，与丧偶女子徐美芳相知相惜而共结连理，才走出了前妻留给他的伤痛阴影。

离婚后的第 6 年，即 2011 年 7 月，圣玉华赫然接到了前岳母惊恐万状的电话，被告知李梅被她的次任丈夫刘端伟用刀砍杀了。事缘李梅再次红杏出墙，刘端伟在盛怒之下，错手杀死了她。

刘端伟成了阶下囚，家里只剩下可怜的刘薇薇。

见到前妻背叛他而怀孕生下的这个孩

子，圣玉华心中依然有愤也有恨，然而他很快就被刘薇薇的惨状吸引了全部注意力：她衣服邋遢，头发凌乱，最不堪的是身体散发着一股股腥臭，仔细一看，后背赫然浮现着一块块血印……

原来，2011年2月，年方6岁的刘薇薇在幼儿园玩耍时，不慎跌入盛满滚烫开水的铁桶内，后背、屁股、大腿等部位严重烫伤，被医院鉴定为六级伤残。住院治疗了很长一段时间，出院后居家调养。父母出事后，没人照顾，烫伤部位很快溃烂发臭。

圣玉华和妻子徐美芳商量，暂时照顾她几天，再把她送去她外婆那儿。在那几天里，圣玉华悉心的照顾使刘薇薇对他产生了浓厚的感情和依赖。几天后，把她送往外婆家时，刘薇薇百般不舍，抱着他的腿，大哭着说："伯伯，别扔下我！"圣玉华硬着心肠离开了。过了几天，他放心不下而去探望她，却发现她的外婆忙着活计而无暇看管她，她坐在地上，用手不停地抓着发痒的痂，鲜血直流。善良的圣玉华心疼了，把她带回了家。

他打算收养刘薇薇，这个决定在家里引起了轩然大波。他的妻子坚决反对，一方面，刘薇薇是他前妻出轨生下的孩子，收养她会贻人笑柄；另一方面，她烫伤的部位反复感染，需要不断往返医院精心调理，收养她等于自找麻烦。正当圣玉华犹豫不决之际，接触到孩子盛满了泪水与哀求的眸子，他毅然下了决心。再后来，他的妻子被他无私的精神感动了，竟辞去工作，全心照料她，圣玉华则拼命工作挣钱支付她的医药费。

这个故事让我不由得想起了日本作家三浦绫子脍炙人口的小说《冰点》，内容也和收养孩子有关：启造的妻子夏枝在与情人幽会时，疏于照顾3岁的女儿，导致女儿被一个精神失常的人杀死。启造为了报复妻子的不忠，故意收养了杀女仇人的女儿，取名阳子。夏枝在阳子7岁时知道了这个惊天秘密，忘不了女儿被杀的仇恨，百般虐待阳子，最后阳子自杀。

读这书时，我虽然同情阳子不幸的遭遇，但是，与此同时，我认为夏枝也不应承受一切责难，因为她所展现的只不过是正常的人性罢了！

然而，《圣爸爸的收养风云》这则新闻特写却让我们知悉，在真实的人生里，的确有人能够超越正常的人性，化仇恨之火为绵长爱心！这则报道像浊世里的清流，让人重新发掘了人性的美丽，肯定了人性的善良。

由开卷到掩卷一直笑，笑得下巴发酸，可心里却像揣了个暖袋，温温热热的。

我读的是日本作家岛田洋七的纪实作品《佐贺的超级阿嬷》（译者是陈宝莲），这是一部热销书、长销书。岛田洋七是日本喜剧泰斗兼作家，他身上饱饱地蕴含着的幽默细胞，在油墨里开出了大朵大朵绚烂的笑花。

岛田洋七原名德永昭广，他的父亲死于广岛的核辐射，母亲无力抚养他，把他寄养于佐贺的阿嬷家。

阿嬷家徒四壁，她却以特有的幽默和温暖、智慧与坚强、大度和宽容，把日子装点得灿然生光。她很骄傲地说："穷有两种，穷得消沉和穷得开朗，我们家是穷得开朗啊！"这个"炫耀"着"我们家的祖先世世代代都是穷人"的阿嬷，字典里没有自卑与自怜，只有自信与自强。当8岁的昭广千里迢迢地从广岛恓恓惶惶地来到佐贺时，刚踏进阿嬷家的门槛，便听到她硬生生地一声命令："跟我来！"她把他带到炉灶前，说："从明天开始，你就要自己煮饭了。现在，好好看着。"她把稻草扔进炉门里，用吹管调弄火势，要他照做。年幼的昭广，在初见到阿嬷之际，便已明白自力更生的道理了。

阿嬷当清洁女工，收入微薄，家里常有断炊之虞，可阿嬷不担心。屋畔有条河，上游有个市场，阿嬷就在河面上架一根粗粗的木棒，借此拦住从上游漂流下来的那些因为卖相不好而被丢弃的瓜果蔬菜。捡回家腌、煮，吃得津津有味时，她无比满足地表示：这条河，是个"送货上门而不收运费的超级市场"！每天，她就靠"超市"送来的货色来决定当天饭桌上该煮的菜式。她得意扬扬地说："世间只有可以捡来用的东西，没有应该扔掉的东西。"

阿嬷坚信"幸福不是由金钱左右的，它取决于你的心态"。在物质上穷得一无所有，但是，昭广在佐贺和阿嬷生活的那8年，在精神上却富裕得无所不有。阿嬷教昭广："穷人最能做的，就是展露笑容。"于是，初到佐贺的昭广，便以灿烂如阳光的笑容赢得左邻右舍的好感，这使他很快便融入了新的环境里。当昭广为别人负面的批评而苦恼时，阿嬷豁达地说："即使被两三个人讨厌，转过身来还有一亿人。"当昭广自惭形秽时，阿嬷点醒他说："聪明人、笨人、有钱人、穷人，过了

50 年，都一样是 50 岁。"当昭广达不到自设的目标时，阿嬷为他打气："人到死都要怀抱梦想！没实现也没关系，毕竟只是梦想嘛！"又说，"时钟反着走，人们会觉得钟坏了而扔掉。人也不要老回顾过去，要一直向前走！"

阿嬷语录，字字珠玑。

德永昭广自小浸润于阿嬷自成一格的生活哲理中，长大后，不论在舞台上，还是在文字里，都显得乐观、自信，有着不倒翁坚韧的特质。他自称，他的"能言善道"有阿嬷的遗传因子，而日日与"头脑精明、反应超快"的阿嬷对话，也给他日后的相声艺术打下了良好的基础。

不按牌理出牌而又把牌打得极好的阿嬷，是一个熠熠发亮的形象，她让 E（电子）时代的年轻人知道，"阿嬷"是货真价实的宝，而不是家里一个可有可无的影子人物。还有那种水乳交融的祖孙情，好似早已消失于现代五光十色的繁华都市里了，所以这部书也抚慰了无数寂寞的老人，唤醒已经死去了的那种温馨的感受……

虎妈

耶鲁法学院教授蔡美儿撰写的《虎妈战歌》是许多人争相阅读的育儿经，然而，我读来只觉"步步惊心"，因为我在书中看不到对孩子应有的尊重。

自称"中国妈妈"的蔡美儿，在美国以东方保守的教育方式来教养两个女儿，她一心认定，"父母高高在上"的权威性教育是保护孩子以及为孩子的美好未来铺路的最佳方式。在这样的信念下，她为孩子制定了一个"优秀生"的模子，硬生生地把孩子塞进去。为了达到目标，她处处限制孩子的自由、时时钳制孩子的思想。

她的两个女儿在 3 岁时便被她引入音乐的世界，长女索菲娅弹钢琴，幼女路易莎拉小提琴。为了使她们专注于学习，她定下了许多使孩子丧失童年的条规，包括不准参加同学聚会、不准看电视和玩电脑游戏、不准选择自己喜欢的课外活动等等。

蔡美儿把音乐当作生活的重心之一，用尽法宝为她们寻觅名师。在家时，孩子每天都必须花上几个小时来练琴；外出旅行时，依然得见缝插针地苦练。有一回，祖父、祖母随她们一家到希腊旅行，抵达克里特岛时，孩子的祖父迫不及待地想带她们去参观克诺索斯宫，但是，蔡美儿坚持让路易莎先练小提琴，结果呢，她拉得不好，一练再练。等练完后，路易莎泪流满脸，祖父、祖母昏昏欲睡，克诺索斯宫也到了闭门谢客的时间，一家人度假的快乐心情都被耗尽了。

长女索菲娅自小乖巧温顺，对妈妈言听计从，蔡美儿的强势教育在她身上有立竿见影的效果，她14岁便有机会在世界音乐的圣殿卡内基音乐厅演出，被誉为"音乐神童"。可她是不是真的快乐呢？对母亲唯命是从的索菲娅，实际上是把练琴当成孝顺母亲的一种方式。书中提及，有一回，索菲娅因为做错一件小事而遭母亲责备时，生气地说："你难道不知道我是一个好女儿吗？我每天都从学校直接跑步回家，你知道这样做看起来有多怪异吗？我一路奔跑，只为了有更多的时间练习弹钢琴！你经常说做人要心存感激，可我觉得你要感激的人应该是我……"

次女路易莎个性叛逆，为了逼她学拉小提琴，母女俩磕磕碰碰地，不知起过多少次冲突。路易莎虽在12岁之龄便坐上了耶鲁青年管弦乐团首席小提琴手的头把交椅，可是，行动与意愿长期受母亲的严厉管制，郁郁不乐。那一回，一家人到俄罗斯旅行，蔡美儿点了鱼子酱，路易莎觉得恶心不想吃，可蔡美儿却以命令的口气坚持要她尝，忍无可忍的路易莎终于像被踩着的地雷一样爆发了，她喊道："你是个恐怖的妈妈，你是个自私的家伙，除了你自己，你谁也不关心。你为我做了那么多，我却是这样忘恩负义，是不是令人难以置信呢？但是，你为我而做的一切，实际上都是为了你自己！"

真是一番听了叫人内心泣血的话，然而，真正使蔡美儿撕心裂肺的，是路易莎为了腾出时间来练习她喜欢的网球，辞去了青年管弦乐团首席小提琴手的职务！此举使蔡美儿多年来对路易莎在音乐上的栽培前功尽弃！然而，蔡美儿却不得不承认，全力驰骋于网球场上的路易莎，是个比过去快乐得多的女孩儿。

毋庸置疑，蔡美儿是个鞠躬尽瘁的母亲，可是她忘记了，完美的教育里，是包含了"快乐"这个元素的。

烟花与河流

　　艾芜先生的作品常常让我想到烟花——明亮、璀璨、变化多端，而且层层进逼，在最深的那个层次上，忽而绽露出绚烂美丽的光芒，予人无限的惊喜。

　　《冬夜》就是我百读不厌的一篇经典散文：在一个天寒地冻的夜晚，作者在寂寞的马路边等车。马路两旁伫立着幢幢灯火辉煌的豪华别墅。这时，作者看到了一团蹲着的黑影，那是个讨钱的老人。作者给了他一个硬币，两人就此聊了起来。老人抱怨这城市天气太冷，作者表示乡下更冷，一降霜，房屋和田野就变得白茫茫的。老人一听这话，聊天的兴头全被勾起来了，他说："乡下冷，你往人家门前的稻草堆一钻，就暖了啊！"接着，老人饶有兴味地忆述，过去他曾一个人到比乡下更寒冷的山里去，看到树荫下的柴门隐隐地透出亮光，便大胆闯入。屋里围着火堆取暖的人看到陌生来客，非但没有怪他唐突，反而露出欢迎的笑脸，亲切地奉上热茶，还怂恿孩子把拿着要吃的烧山芋分一半放在客人手上。如果来客要在他们家过夜，他们的招待就更殷勤了。倘若只歇一会儿，暖暖身子，还要朝前赶路的话，在迈出柴门时，还可听到一片欢送的声音："转来时，请来玩呀！"

假如《冬夜》这故事就此打住，那么，艾芜先生和读者分享的就是一则有趣的漂泊故事、一个生动的旅途见闻、一篇温暖的山中故事。

然而，这不是《冬夜》的句号。接下来的情节，为这篇散文刷上了晶晶发亮的思想釉彩。

艾芜先生如此写道：

"老头子忘形地拉着我问道：'先生，这到底是什么原因哪？这里的人家，火堆一定烧得多的，看窗子多么亮哪……他们为什么不准一个异乡人进去烤烤手哩？'搭客汽车从远处轰轰地驰来了，我赶忙摆他的手，高声说道：'因为他们是文明的人，不像那些山里的……'"

这段绵里藏针的文字真是让人拍案叫绝啊！

山里人的淳朴温馨和城里人的冷漠寡情，形成了两幅对照强烈的图画。艾芜先生把鞭辟入里的讽刺蕴藏在温婉大度的语言里，轻描淡写的一句"他们是文明的人"，就深深地激起了读者思想里的千层浪花，充分展现了"四两拨千斤"的深厚写作功力。

常年走南闯北、四处漂泊的艾芜先生，有着一双精锐的眸子，任何景致落在他眼里，他都能立刻抓住特征，充分用其来进行精心的布局。

《冬夜》开头有这样的一段文字："马路两旁，远远近近都立着灯窗明灿的别墅，向暗蓝的天空静静地微笑着。在马路上是冷冰冰的，还刮着一阵阵猛厉的风。留在枝头的一两片枯叶，也不时发出破碎的哭声。"

图画般的文字，充满了色彩，具体而又立体；寓情于景的文字，溢满了感觉，深刻而又鲜明。别墅在静静地微笑，枯叶却发出破碎的哭声，屋内的温暖舒适对应着屋外的寒冷萧飒，这些看似抒情的文字，其实字字句句都另有玄机，处处为接下来的叙述埋下伏线，有着非常犀利的力道。而这，就是艾芜先生作品的强劲魅力了——在感性抒情的文字里，藏了针砭时弊的利器。

我非常喜欢艾芜先生在另一篇散文《新春的歌》里的一段话："河是喜欢走着不平的道路的。在有礁石阻挡的地方，河便跃起银白璀璨的水花，欢乐地笑了起来。在有沙石淤积的地方，河便发出伊浪伊澜的声音，欢乐地唱了起来。人也得像河一样，歌着、唱着、笑着、欢乐着，勇敢地走在这条坎坷不平充满荆棘的路上。"

在我看来，这根本就是艾芜先生自身的写照。

是的，艾芜先生就是一条河。

流着流着，流过荒僻的深山，流过恬静的村庄；流
着流着，流过繁华的大城，流过喧嚣的街巷；流着流着，
流过风光绮丽的西南边疆，流过人口稠密的各大都市。

河水行经的地方，在万千读者的视觉上，留下斑斓
的足迹；河水淌动的声音，在万千读者的心坎里，汇成
永世回旋的交响曲！

尤今小语系列图书推荐

《倾听呼吸的声音：回首岁月，种一株快乐的树》

尤今 著　海天出版社　　定价：**32.00**元

本书分为两篇：

上篇"回首岁月"主要介绍了尤今对于父母等长辈的哀思、感恩之情；

下篇"种一株快乐的树"主要介绍了尤今对于子女教育的一些期望和一点体会。平实处见真情、平凡处见温情。

《清风徐来：在门外挂串风铃，叮叮咚咚》

尤今 著　海天出版社　　定价：**32.00**元

本书分为四篇：

第一篇"石头很快乐"和第二篇"在门外挂串风铃"主要介绍了一些小故事以及尤今从中得出生活的感悟；第三篇"纸盒里的爱"主要探讨了爱情与婚姻的一点启示；第四篇"人生如文学"则作者是从文学创作的角度谈处世的哲理。

《把自己放进汤里：欢喜的豆花，抑郁的茄子》

尤今 著　海天出版社　　定价：**32.00**元

这是一本关于美食的散文集，全书通过对于各种美食的描写，揭示出浓浓的亲情、乡情以及言简意赅的做人道理。欢喜的豆花、抑郁的茄子……只要你细细咀嚼，就会发现：每道食物，道道都蕴含着深入浅出的人生哲学。

《走路的云：用脚步丈量世界，品味生命》

尤今 著　海天出版社　　定价：**32.00**元

本书是新加坡著名作家尤今的旅行散文集，主要介绍了作者环游世界的一些见闻和感悟，其中重点介绍了巴基斯坦与伊朗的旅行故事和感悟。以旅行来感受生命，以异域文明来观照中华文明。

作者简介

尤今，新加坡著名女作家，南洋大学中文系荣誉学士，被媒体誉为"新马三毛"，其作品风格细腻，真实、真诚、真挚地反映了现实生活里的人，现实生活里的事。其部分作品收录于中国与新加坡的语文教材或课外读物，也入选许多大学研究生的研读本。梁羽生先生曾评价其作品："古人说王维的诗是'诗中有画'，我似乎也可以说尤今的小说是'小说中有游记'。"尤今环游世界将近100个国家和地区，并已出版小说、散文集、游记150余部，获奖无数。

瀚·心灵系列图书推荐
——徐竹心灵小语系列

瀚·心灵

《放得下，生活无牵挂》
［台湾］徐竹◎著　海天出版社　出版时间：2014.11　定价：32.00元

　　每一段时间，我们都需要停下来好好检视我们的生活，才能帮助自己拥有更快乐、健全的人生。也许我们曾犯了错，导致一段不堪的岁月，但并不是注定未来就会一直如此。我们无法改变过去，不如就改变未来吧。

《要想拥有安然自在的心，就不要为难自己》
［台湾］徐竹◎著　海天出版社　出版时间：2014.11　定价：32.00元

　　没有什么困难是不可征服的。可悲的是，来自我们内心的负面作用，使我们无法安然自在。当你不再为琐事而为难自己时，就会发现其实自己不必完美，就可以拥有圆满富足的幸福人生！

《生活简单就是幸福：让烦恼舍离的五种练习》
［台湾］徐竹◎著　海天出版社　出版时间：2014.11　定价：32.00元

　　要让自己幸福快乐很容易，只要在面临抉择时专心致志，不要把思绪束缚在琐细而无意义的事情上，你就能迅速做出对自己最有意义的判断。其实人生的阻碍都是我们自己一手造成的，让我们断绝烦恼，迈向简单幸福的生活。

《一个人的极致幸福：从爱上自己开始》
［台湾］徐竹◎著　海天出版社　出版时间：2014.11　定价：32.00元

　　只要我们懂得适时地放下，凝视自己的内心，以满足的眼光看待周边的每一件事物，如此一来，无论是处于什么样的位置，都将能受到幸福的围绕，处处都是极致幸福的所在。

徐竹

作者简介

　　淡江大学大众传播学系肄业，工作经历非常丰富，曾摆过盘子、卖过流行服饰、做过半宝石饰品设计，亦是儿童作品编剧、新闻杂志社会记者、BAZAAR杂志采编、女性杂志主编、动画公司编剧等，已出版过的书籍有爱情小说、小品、心理励志以及少年小说、童话等。得奖记录："大墩文学奖""梦花文学奖""好书大家读"等。

台湾著名诗人余光中的文化散文集
——余光中文化小语系列

(内)(容)(介)(绍)

　　"本套书里面收集的三十八篇文章，有的可称正论，有的看似序言实为书评，有的却是文类的探讨、艺术的赏析，不过大体上都可以泛称评论。紧随《蓝墨水的下游》之后，十年来我的正论散评大致都收罗在此了。"

《李白与爱伦·坡的时差：余光中文化随笔》
海天出版社　　出版时间：2014.11

RMB：39.80元

《心花怒放的烟火：余光中"序体文"集》
海天出版社　　出版时间：2014.11

RMB：39.80元

余光中

作者简介

　　余光中，台湾诗人、作家。祖籍福建泉州，1928年生于南京，1947年考入金陵大学外语系，1948年随父母迁至香港，次年赴台，就读于台湾大学外文系，后赴美进修，获爱荷华大学艺术硕士学位。返台后，历任多所知名大学教授。一生从事诗、散文、评论、翻译，自称为写作的四度空间。多次获文学大奖，被誉为当代中国散文八大家之一。

"林清玄小语"图书推荐

《匠士之道，平淡自有滋味：林清玄小语（上）》

作者：林清玄（著），老树（绘）

出版社：海天出版社　　出版时间：2016.12

定价：39.80元

内容简介：

　　人生一世，即便是轰轰烈烈、几度辉煌，平淡才是最后的"绝唱"。本书以"情"为主题，精选了林清玄讲述爱情、亲情、乡情、世情的文章，内容充分体现了"以清净心看世界，以欢喜心过生活，以平常心生情味"。

《心有沉香，不畏浮世：林清玄小语（下）》

作者：林清玄（著），老树（绘）

出版社：海天出版社　　出版时间：2016.12

定价：39.80元

内容简介：

　　浮世是水，俗木随欲望水波流荡，无所定止。沉香是定石，在水中一样沉静，一样的香。一个人内心如果有了沉香，便能不畏惧浮世。本书以"禅"为主题，所选文章将文学与禅理相结合，东方美学理念和佛教哲学情怀融为一体，禅的机锋和日常生命感悟相融合，让人在平实的文字中感受深邃而朴实的佛理。

作者简介

　　林清玄，台湾高雄人，当代著名作家。30岁前获遍台湾各项文学大奖，文章多次入选中小学华语教材、大学语文选、高考语文试卷，作品风靡整个华人世界，被誉为"当代散文八大家"之一。

　　老树，新浪微博"老树画画"的博主，大学教授。20世纪80年代初自学绘画；2007年始，重操画业；2011年7月25日开通新浪微博，是目前在网络上火遍华人圈的"现象级"画家。